永遠的寶貝

三毛

Echo Legacy

三毛的相簿。

青春年華。

生命無所謂長短，無所謂歡樂、哀愁，無所謂愛恨、得失……
一切都要過去，像那些花，那些流水……

和父母親在文化大學校園中。

前排：父親陳嗣慶、母親繆進蘭。
後排左起：小弟陳傑、三毛陳平、大姐陳田心、大弟陳聖。

在家中窗台邊穿著和服。

懷裡抱著姪女（大姐的孩子）。

大姐結婚時當伴娘。

慧黠頑皮的心，沒人能猜透。

有如春花初綻的笑容。

充滿好奇的眼光看世界。

敏感、任性、憂鬱的身影。

少女情懷總是詩。

早熟的精靈模樣。

在台視攝影棚示範國畫。

18歲，鋼琴演奏會。

在日商公司上班時常做日式裝扮。

剛進文化大學時，在海邊戲水。

1961年，在大貝湖畔。

出國留學。

在這一個班級裏，我們彼此相親、相愛。雖然生長背景全然不同，可是卻都具備了高尚的人格和情操，也因此使我們得到了相對的收穫和回報。

來自世界各地的同學們。

參加朋友的婚禮。

相片背面寫這件是「藩王式大衣」。

馬略卡島這條大道中間走行人，兩旁走汽車。身上穿的是姐姐送的襯衫。

西班牙的教堂。

西班牙學校宿舍窗邊。

又一件藩王式大衣，架式十足。

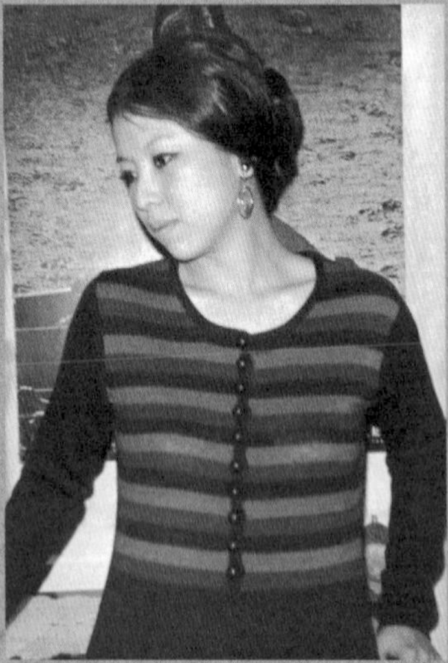

眼底藏不住的鄉愁。

像不像兩個洋娃娃？

西班牙的寒冬雪地。

坐在賓士車頭。

西班牙的學校宿舍門口。

和同學坐在窗上，她是介紹三毛住進宿舍的女孩。

西班牙古城TOLEDO全景。

沙漠海島。

我不能解釋的，屬於前世回憶似的鄉愁，
就莫名其妙，毫無保留的交給了那一片陌生的大地……

在撒哈拉沙漠，決定要跟荷西天涯海角一輩子流浪下去。

白手成家，沙漠又風花雪月起來。

迦納利群島的家中前院小樓梯。

恩愛的身影只能成追憶。

母親和荷西在迦納利家中餐廳。

和母親在街上看到駱駝。

荷西旁邊是這艘漁船的船長、三毛的表姐夫。

種花蒔草是生活樂趣之一。

「三毛風」的裝潢。

在迦納利的墓園，幫故鄉人曾先生掃墓獻花。

荷西在廣場餵鴿子。

最初與最後的團聚。

父親和荷西在下棋。

萬水千山。

這一路的風景，便是一次靈魂的洗滌。
在美的極致下，我沒有另一個念頭，只想就此死去，將這一霎成為永恆……

在中南美洲旅遊。

牛仔裝遊天下。

舊金山大橋畔。

1989年帶家人去尼泊爾，懷中是小姪女天白。

一生愛馬癡狂。

阿根廷的牧場。

與小弟陳傑(左)和導遊在尼泊爾。

中南美洲的荒蕪風情。

藉著演說，分享旅行的快樂。

和中南美洲的友人合影。

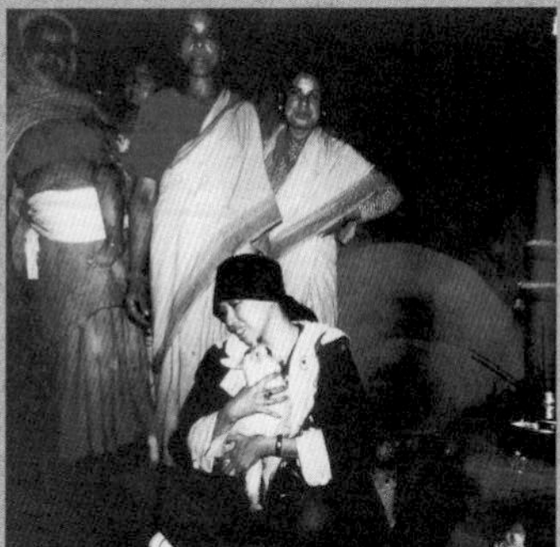

在尼泊爾旅行時向村莊討水喝，見初生小羊極喜愛，攝影留念。

異鄉客在異地的郵筒前。

返台返鄉。

我儘可能不去緬懷往事，因為來時的路不可能回頭。
我愛哭的時候便哭，想笑的時候便笑，只要這一切出於自然。
我不求深刻，只求簡單。

當情緒不穩時，總會試著點一枝煙。

神采奕奕的把快樂散播給眾人。

育達商職對面家中。三毛最喜歡在牆上掛彩色的氈子。

到上海與著名漫畫家張樂平見面。

身旁翹起小指的是名作家應未遲。

和張樂平一起觀賞漫畫。

聯合新村家中，身後是顧福生贈送的畫。

寶貝的相簿。

1
2

3

4

1. 十字架
2. 別針
3. 雙魚
4. 老別針

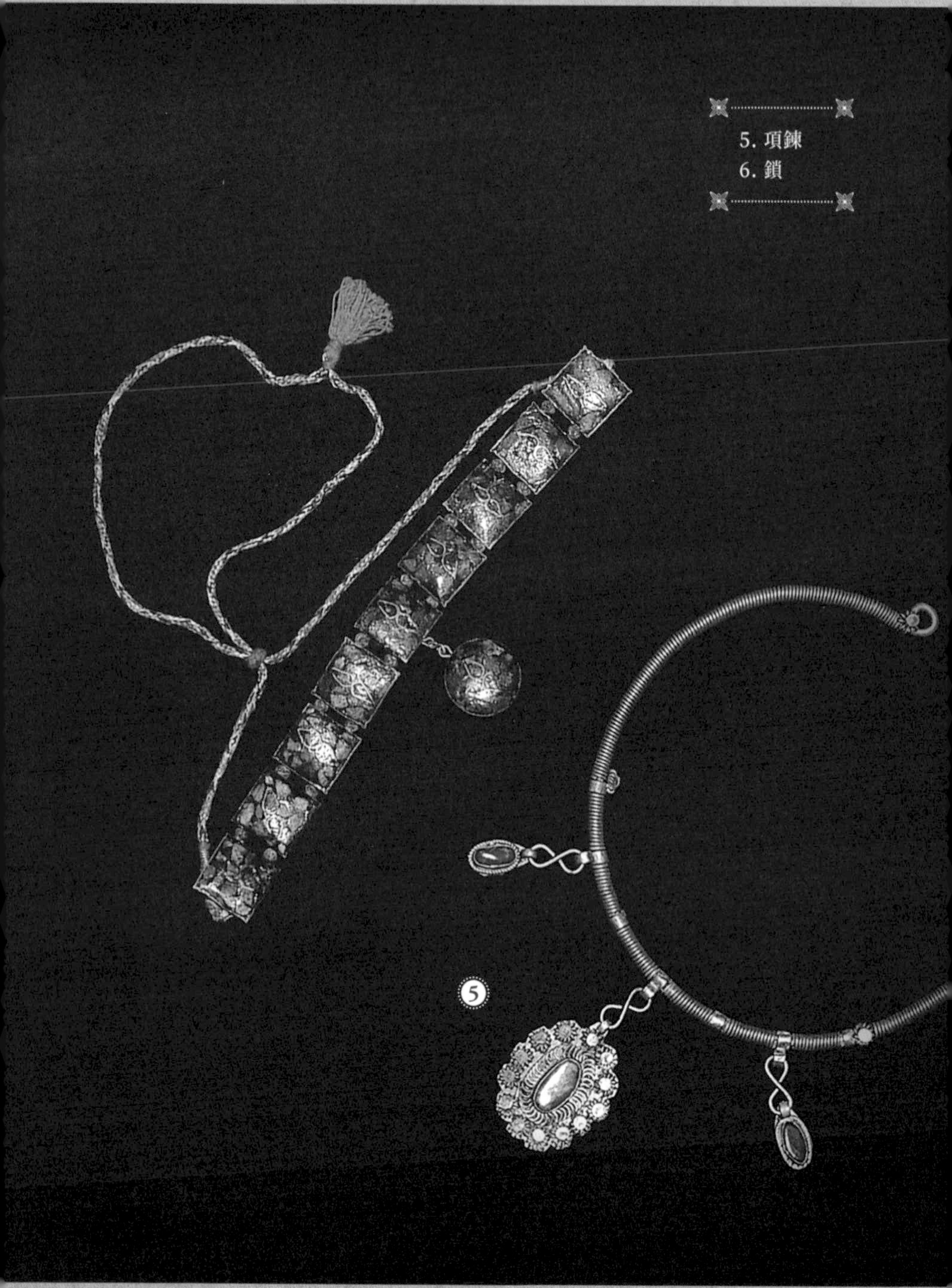

5. 項鍊
6. 鎖

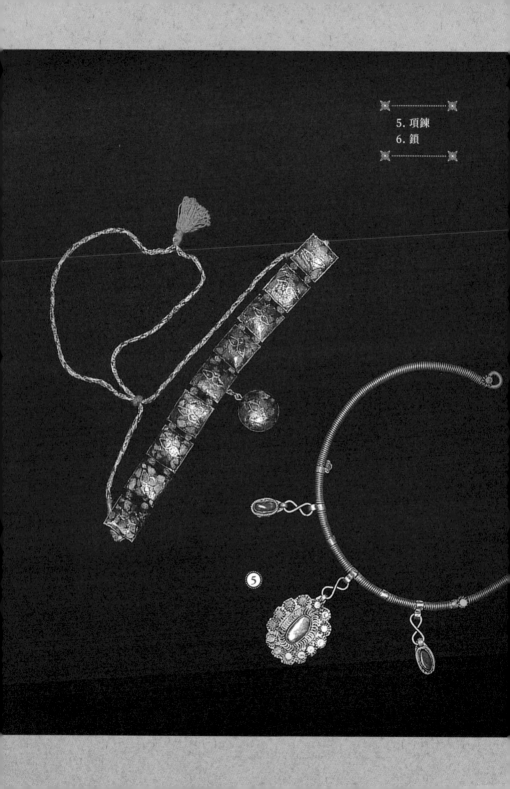

6

8

7. 還是鎖住了
8. 秋水伊人

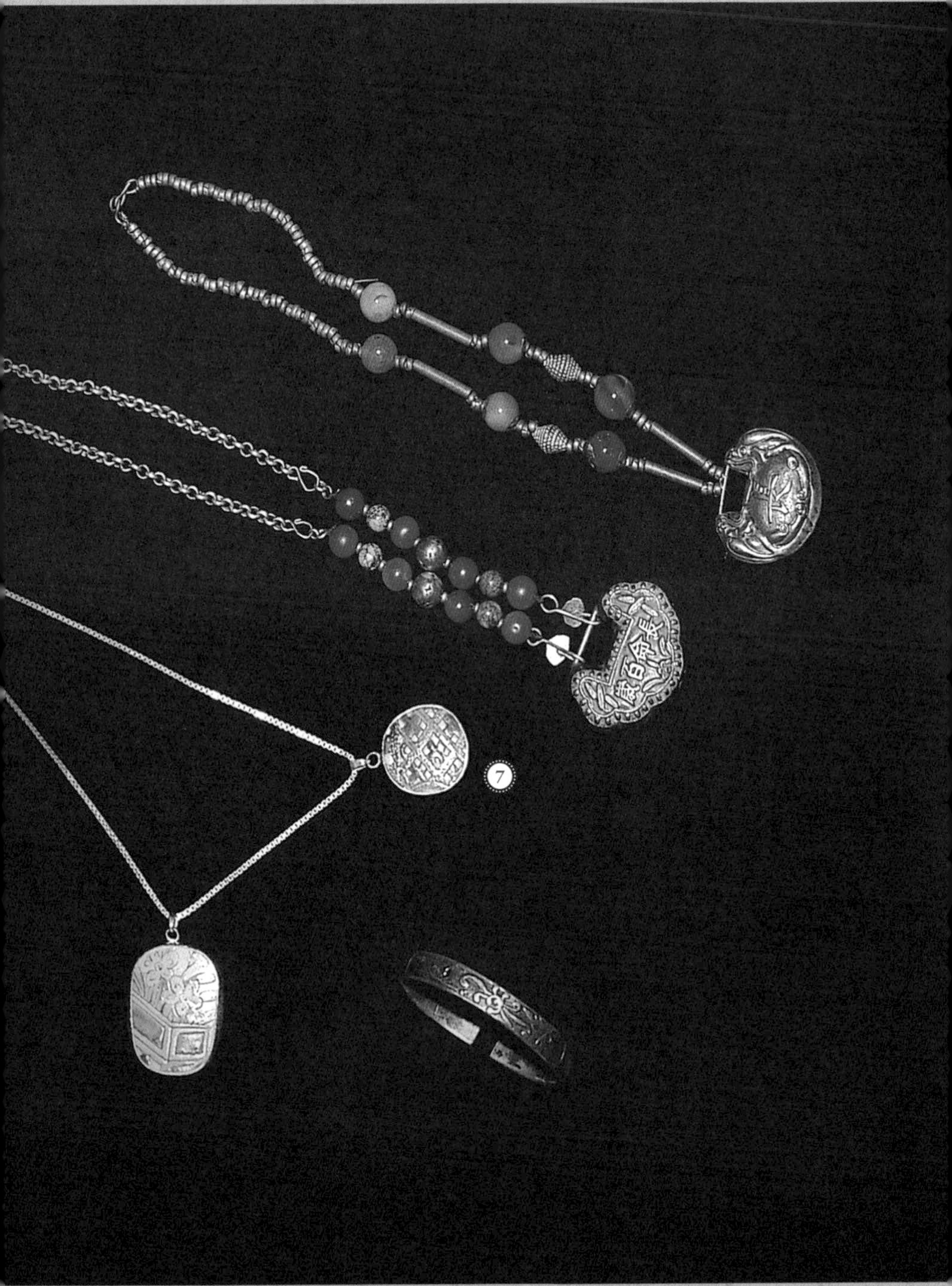

7

9. 五更燈
10. 林妹妹的裙子
11. 煲
12. 十三隻龍蝦和伊地斯
13. 守財奴

9

10

11

12

13

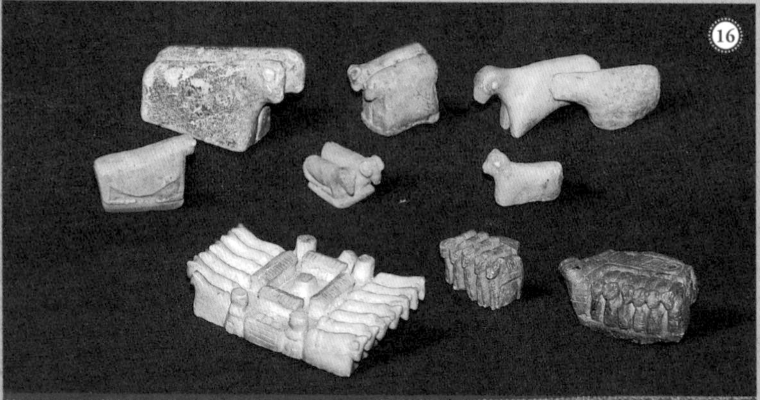

14. 僅存的三個石像　15. 大地之母　16. 牛羊成群　17. 織布

18. 不打雙頭蛇

19

19. 閃爍的並不是金子
20. 二十九顆彩石

21. 紅心是我的
22. 本來是一雙的
23. 手上的光環
24. 心愛的

24

25

25. 刻進去的生命
26. 癡心石
27. 結婚禮物

26

27

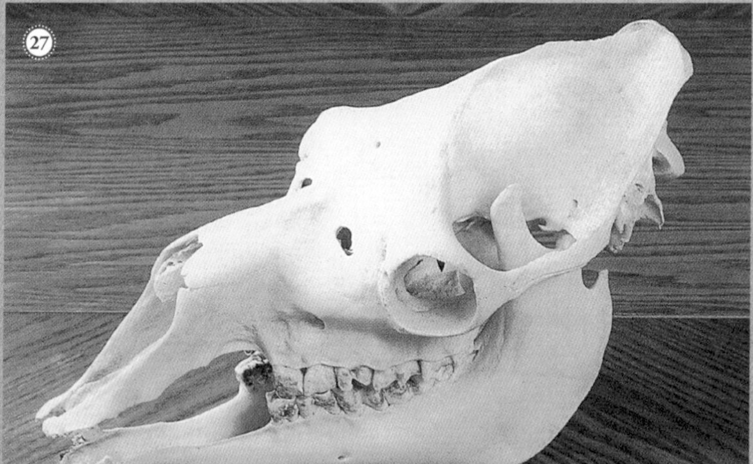

28. 籠子裏的小丑
29. 小丁神父的女人
30. 蜜月麻將牌
31. 廣東來的老茶壺

31

29

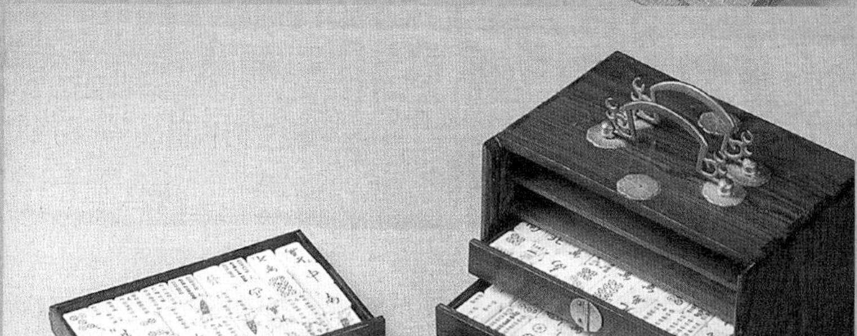

30

34

37

AQUI REINA LA
FELICIDAD
33

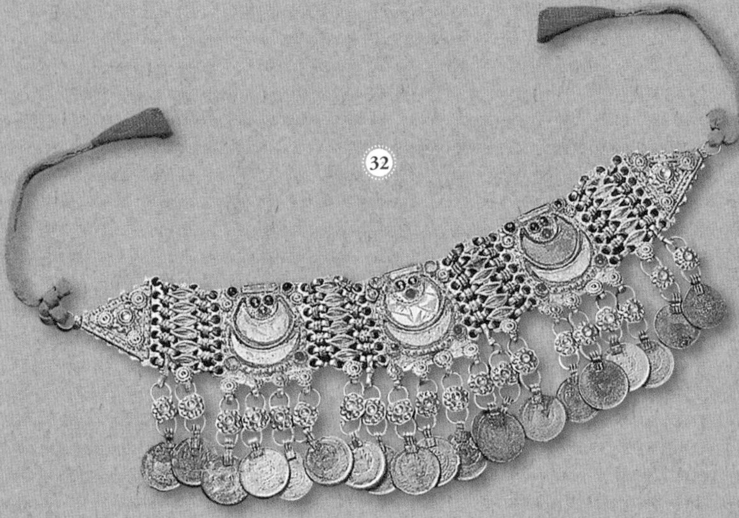

32

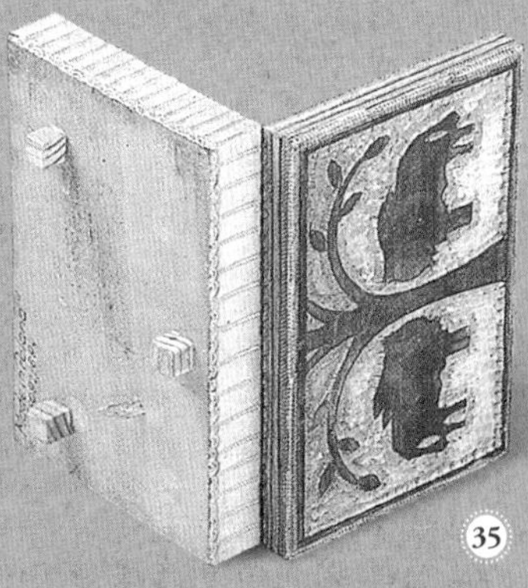

35

36

32. 阿富汗人哈敏
    妻子的項鍊
33. 幸福的盤子
34. 腓尼基人的寶瓶
35. 滄桑
36. 藥瓶
37. 日曆日曆掛在牆壁

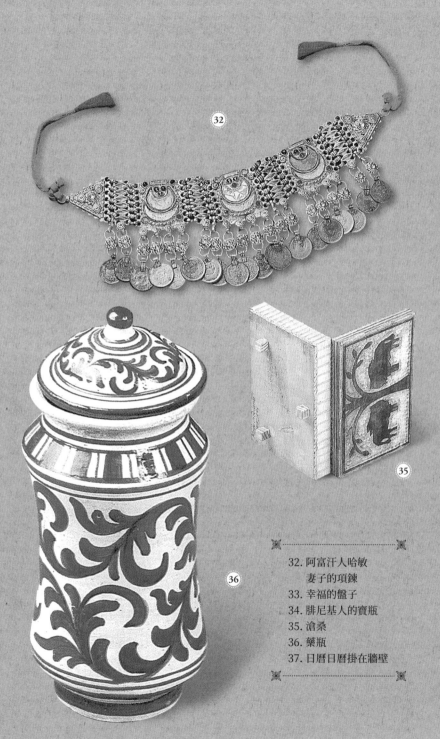

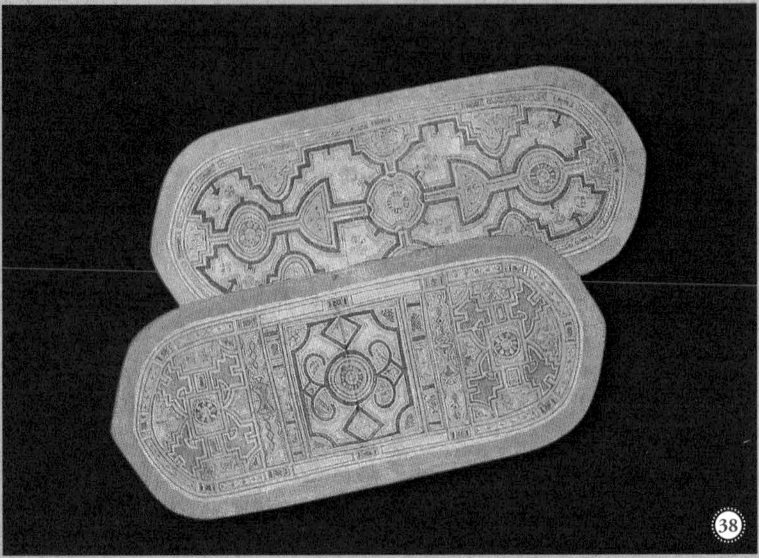

38

40

39

38. 我敬愛你
39. PEPA情人
40. 夢幻騎士

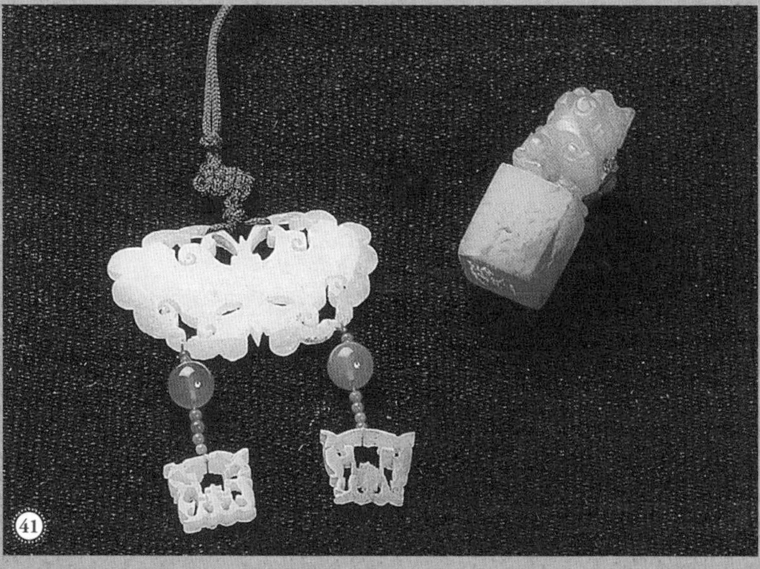

41. 來生相見　42. 第一個彩陶　43. 第一張床罩

44

48

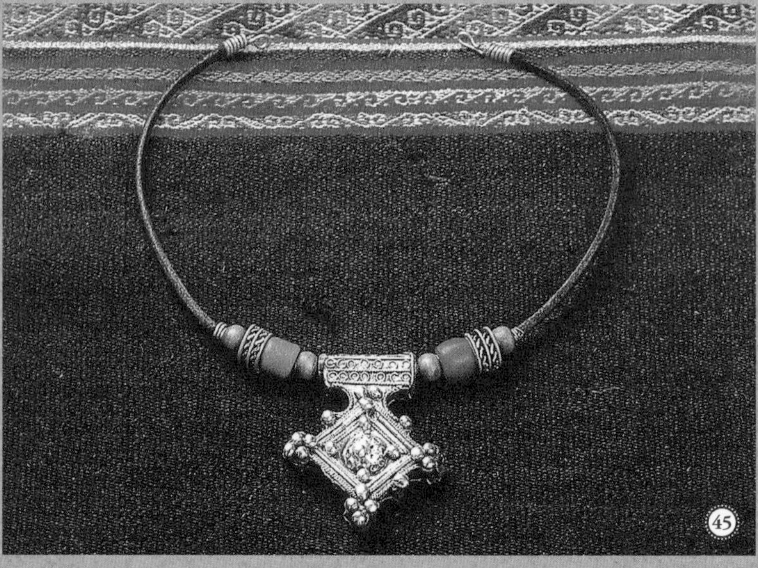

44. 第一串玫瑰唸珠　45. 第一條項鍊　48. 第一匹白馬

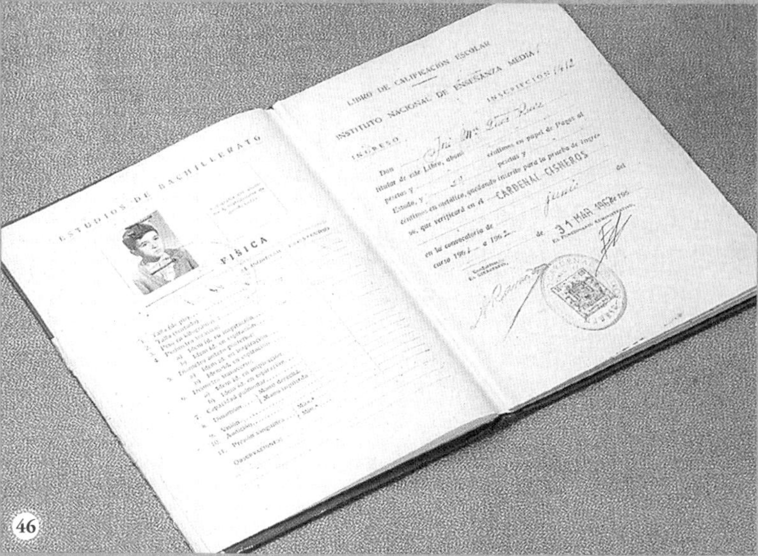

46. 第一次做小學生　47. 第一個奴隸

50. 娃娃國娃娃兵　52. 橄欖樹

50

52

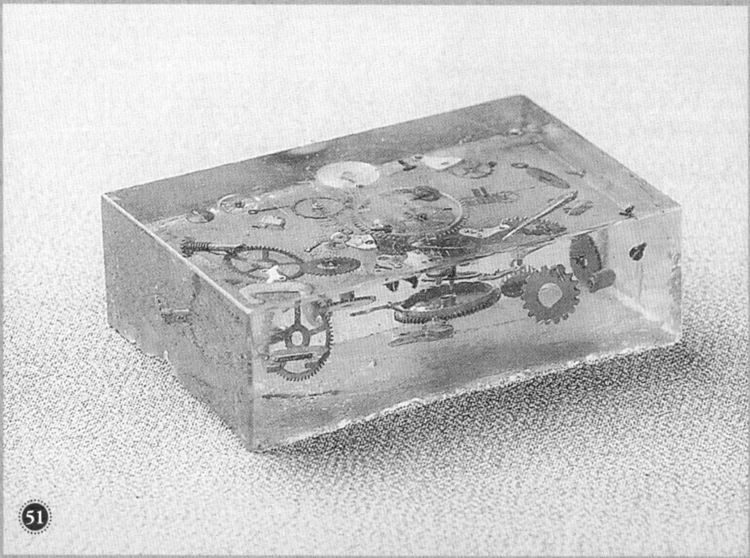

49. 第一套百科全書　51. 時間的去處

53. 西雅圖的冬天　54. 亞當和夏娃　55. 我要心形的

56. 印地安人的娃娃　57. 再看妳一眼

56

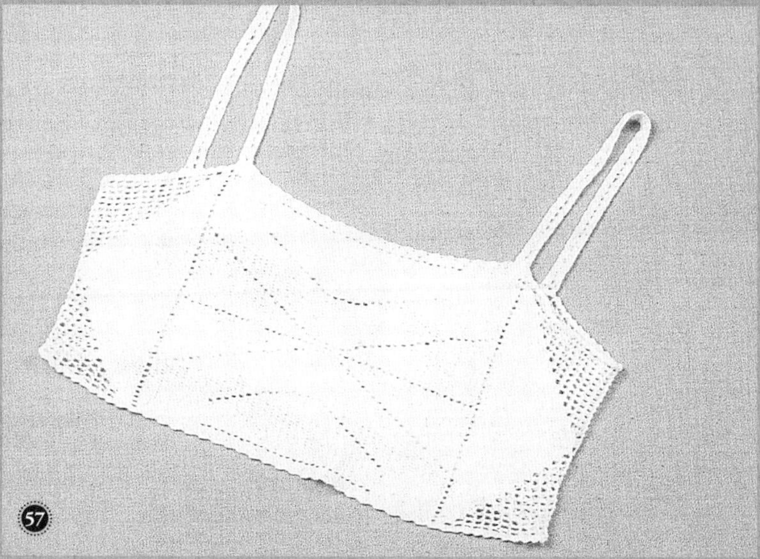

57

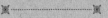

58. 遺愛
59. 受難的基督
60. 小偷、小偷
61. 洗臉盆
62. 美濃狗碗
63. 擦鞋童

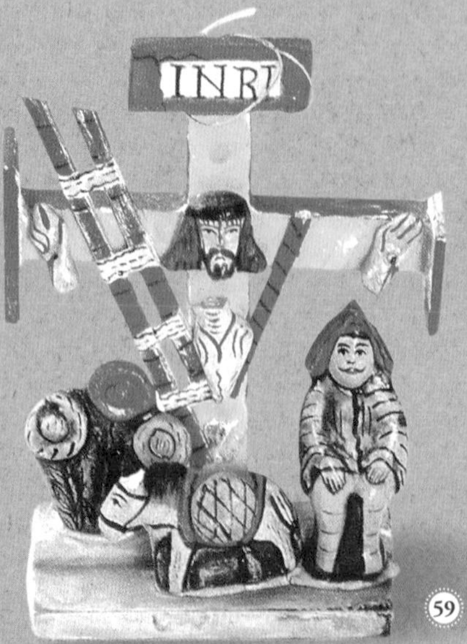

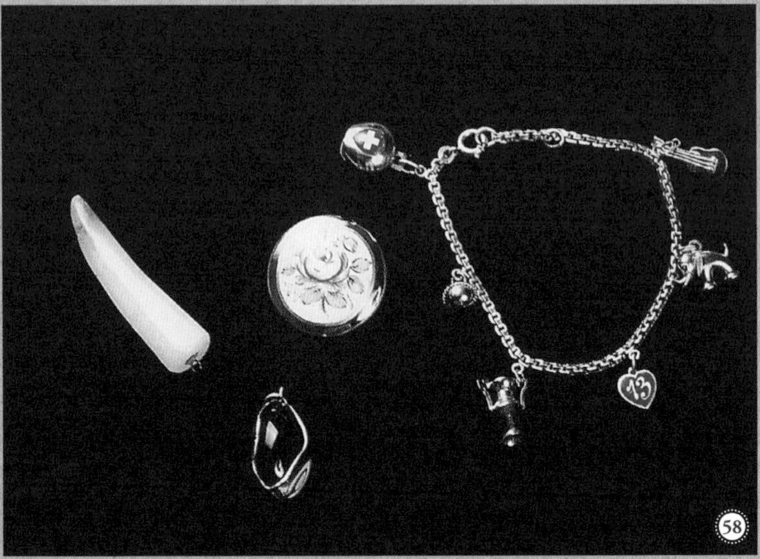

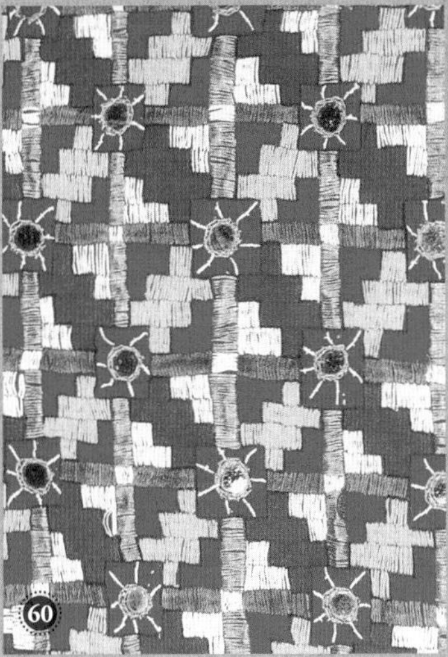

60

63

61

62

68

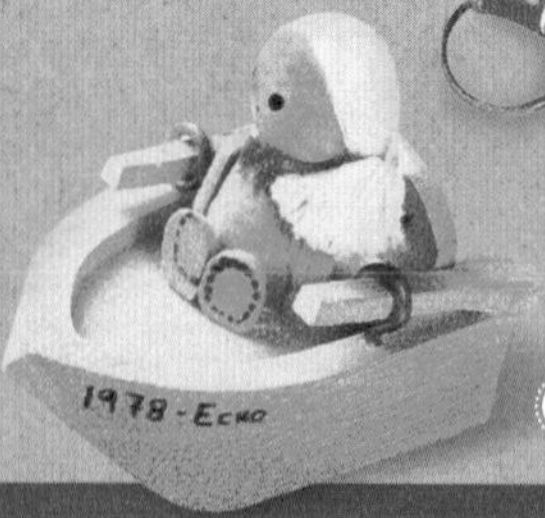

64

65

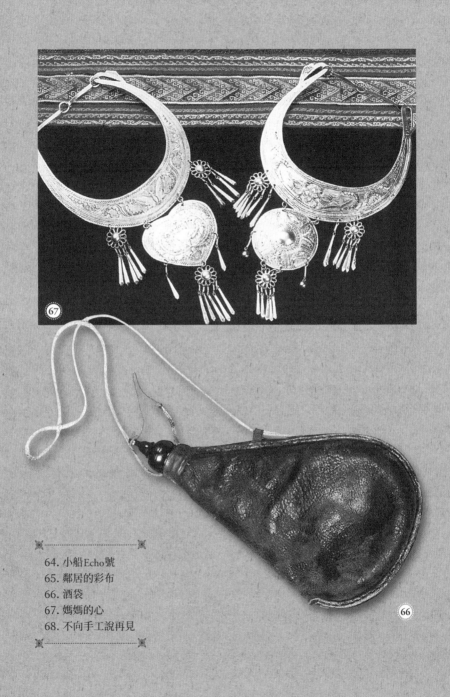

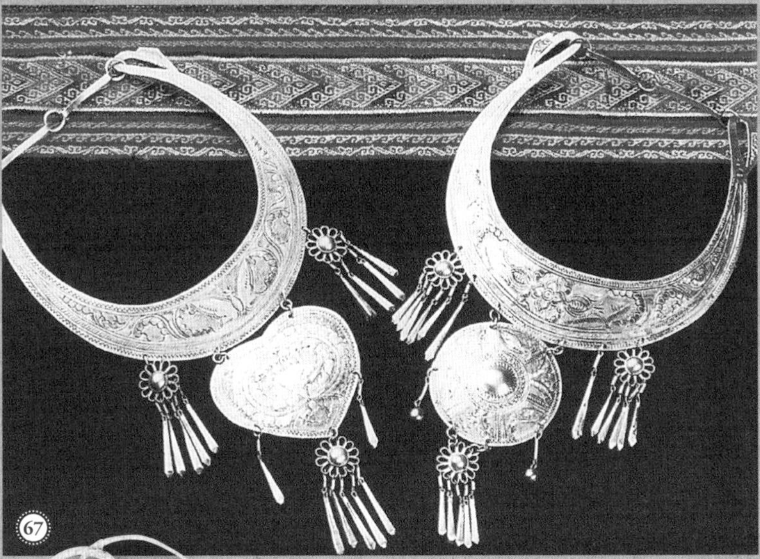

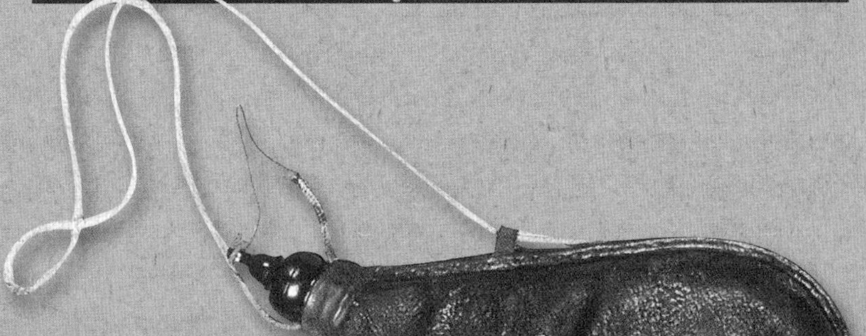

66

64. 小船Echo號
65. 鄰居的彩布
66. 酒袋
67. 媽媽的心
68. 不向手工說再見

69

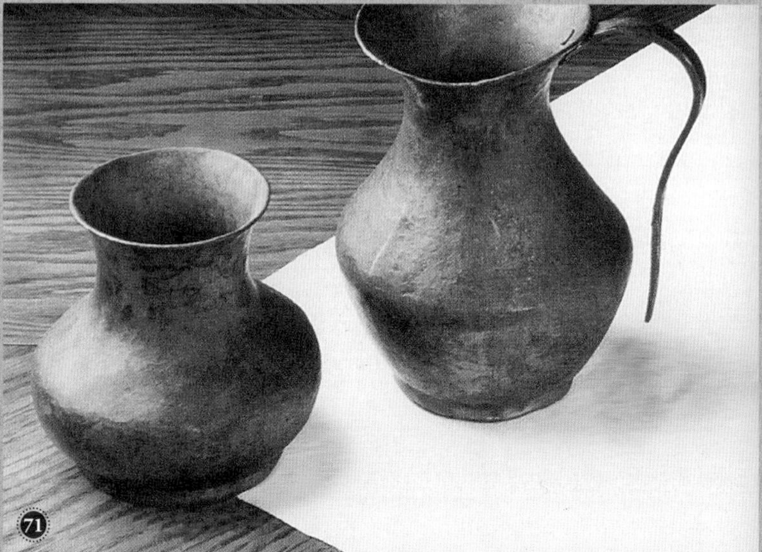

71

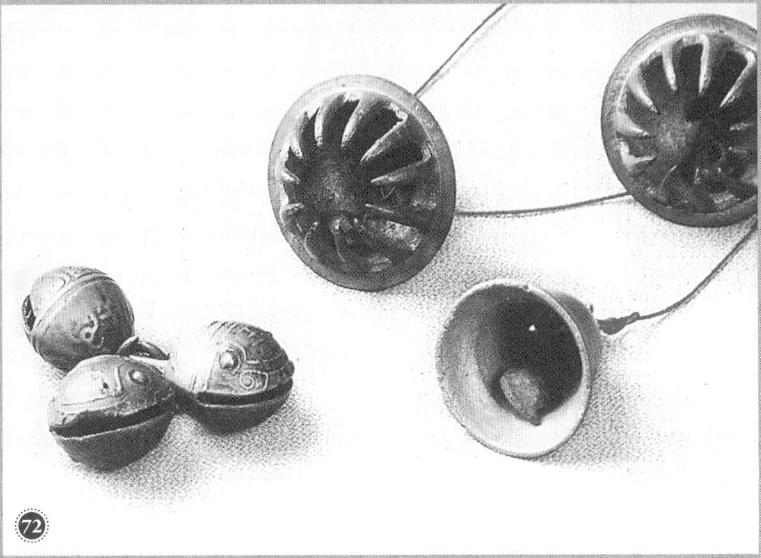

72

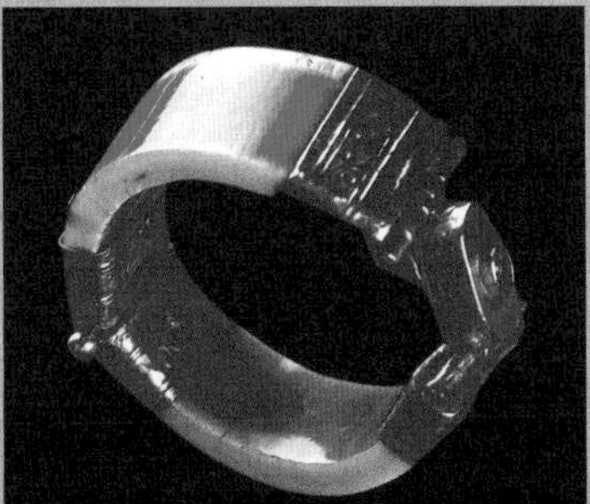

73

70

69. 天衣無縫
70. 停
71. 你的那雙眼睛
72. 鄉愁
73. 血象牙

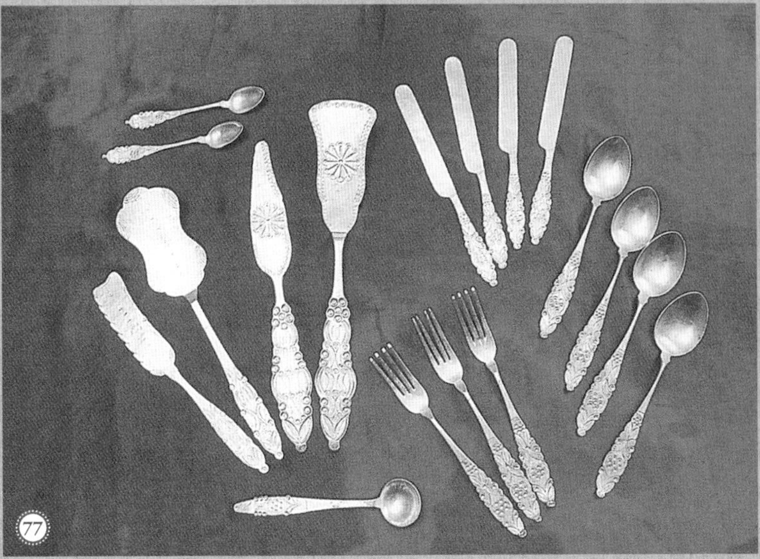

77

76

78

74. 不約大醉俠
75. 華陶窯
76. 知音
77. 銀器一大把
78. 鼓椅

79. 阿潘的盤子
80. 讓我講個故事
81. 糯米漿碗

79

81

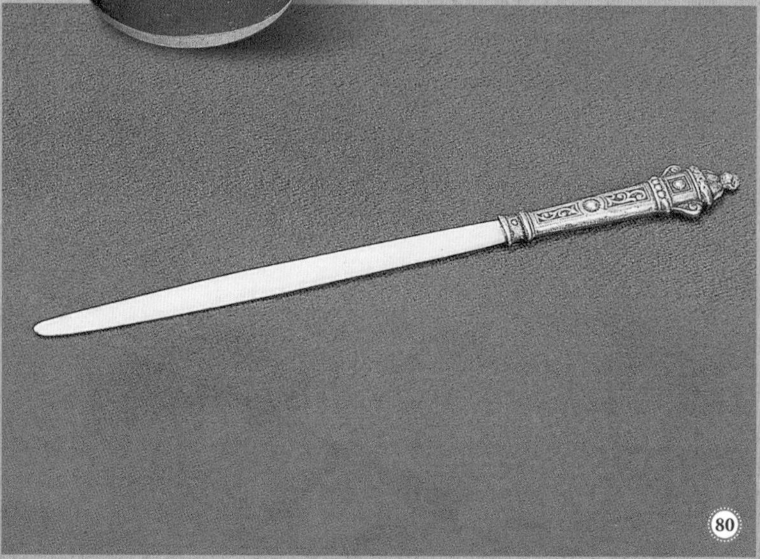

80

82. 麒麟刺繡　83. 鍋仔飯桶

84. 彩陶麒麟 · 泥金木雕 · 土罐子

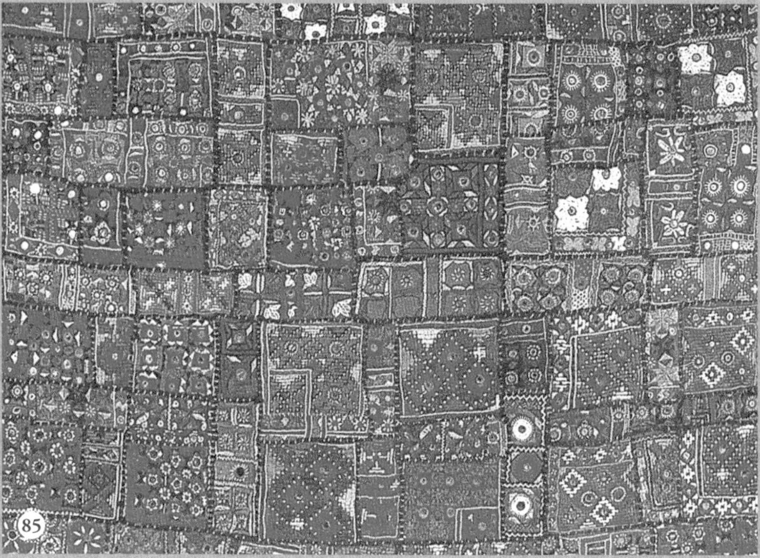

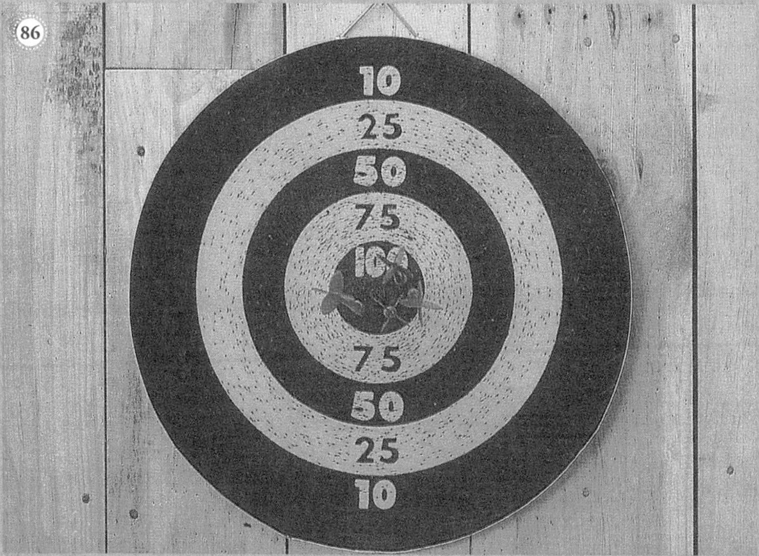

85. 印度手繡　86. 飛鏢

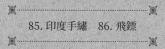

ABCDEFGHIJKLM
NOPQRSTUVWXYZ
1234567890
LAURIER
KOFFIE
KOFFIE
VANILLE

而我們又想起了妳。

像沙漠裡吹來的一陣風，像長夜裡恆常閃耀的星光，像繁花盛放不問花期，像四季更迭卻不曾遺忘各自的美麗。是三毛，她將她自己活成了最生動的傳奇。是三毛筆下的故事，豐盛了我們那一片枯槁的心田。

三十年了，好像只是一轉眼，而一轉眼，她已經走得那麼遠，遠到我們的想念蔓延得越來越深邃。

是這樣的想念，驅使我們重新出版「三毛典藏」，我們將透過全新的書封裝幀，吸引更多讀者走進三毛的文學世界。「三毛典藏」一共十一冊，集結了三毛創作近三十年的點點滴滴：《撒哈拉歲月》記錄了她住在撒哈拉時期的故事，《稻草人的微笑》收錄她從沙漠搬遷到迦納利群島前期，與荷西生活的點點滴滴。《夢中的橄欖樹》則是她在迦納利群島後期的故事，她追憶遠方的友人，並抒發失去摯愛荷西的心情。

除此之外，還有《快樂鬧學去》，收錄了三毛從小到大求學的故事。《流浪的終站》裡的三毛回到了台灣，她寫故鄉人、故鄉事。《心裏的夢田》收錄三毛年少的創作、對文學藝術的評論，以及最私密的心靈札記。《把快樂當傳染病》則收錄三毛與讀者談心的往返書信，《奔走在日光大道》記錄她到中南美洲及中國大陸的旅行見聞。《永遠的寶貝》則與讀者分享她最心愛、最珍惜的收藏品，以及她各時期的照片精選。《請代我問候》是她寫給至親摯友的八十五封書信，《思念的長河》則收錄她所寫下的雜文，或抒發真情，或追憶過往時光。

她所寫下的字字句句，我們至今還在讀，那是一場不問終點的流浪，同時也是恆常依戀的鄉愁。三毛曾經這樣寫：「我願將自己化為一座小橋，跨越在淺淺的溪流上，但願親愛的你，接住我的真誠和擁抱。」親愛的三毛，這一份真誠，依然明亮，這一個擁抱，依然溫暖。如果我們的眷戀有回聲，如果我們依然對遠方有所嚮往，如果我們對萬事萬物保有好奇——那也許只是因為，我們又想起了妳。

一導讀一

三毛傳奇與三毛文學。

明道大學中文系講座教授　陳憲仁

三毛寫作甚早，年輕時即曾在《現代文學》、《皇冠》、《中央副刊》、《人間副刊》、《幼獅文藝》等發表文章。但真正踏上寫作之路，應該是一九七四年與荷西在西屬撒哈拉沙漠結婚後，寫下一系列「沙漠故事」才算開始。

三毛的《撒哈拉歲月》是中文世界裡，首次以神秘的撒哈拉沙漠為背景的作品，對於長期蟄居在台灣島國的人，無異開啟了寬闊的視野，加上她的文筆幽默生動，內容豐富有趣，從第一篇〈沙漠中的飯店〉發表之後，即造成轟動，後來更掀起了巨浪般的「三毛旋風」。

一九七九年十月至十二月，《讀者文摘》在澳洲、印度、法國、瑞士、西班牙、葡萄牙、墨西哥、南非、瑞典等國以十五種語言刊出三毛的〈一個中國女孩在沙漠中的故事〉；《撒哈拉歲月》這本書的翻譯本，一九九一年有日文版；二〇〇七年有大陸版；二〇〇八年有韓文版；二〇一六年有西班牙文版及加泰隆尼亞文版；二〇一八年有波蘭文；二〇一九年有荷蘭文、英文、義大利文、緬甸文；二〇二〇年有挪威文。另外，個別篇章也有越南文、法文、捷克文等譯文相繼出現，可見三毛作品在國際間確有一定的分量。

大家提到三毛，想到的可能都是她寫的撒哈拉沙漠故事的系列文章，其實三毛一生的作品，包括小說、散文、雜文、隨筆、書信、遊記等有十八本，翻譯四種，有聲書三冊，歌詞錄音帶三捲，電影劇本一部。體裁多樣，篇數繁多，顯現她的創作力不僅旺盛，且觀照範圍遼闊。

在三毛過世三十年之際，我們回顧三毛作品，重讀三毛作品，可以以文學的角度、文學的樂趣來閱讀、來發現，則三毛作品中優秀的文學特性，如對人的關懷與巧妙的文學技巧，將能處處顯現。

我們看《撒哈拉歲月》裡，三毛寫〈沙巴軍曹〉的人性光輝：一位西班牙軍曹，因為弟弟在西班牙軍人被撒哈拉威人大屠殺的慘案中死了，仇恨啃咬了十六年的人，卻在一群撒哈拉威孩子誤觸爆裂物、面臨最危急的時候，用自己的生命撲向死亡，去換取他一向視作仇人的撒哈拉威孩子的性命。

又如〈啞奴〉，三毛不惜筆墨，細細寫黑人淪為奴隸的悲劇，寫其善良、聰明、能幹、愛家愛人，對於身處這樣環境下的卑微人物，三毛流露了高度的同情，也寫出了悲憤的人道抗議。

再如〈哭泣的駱駝〉，書寫西屬撒哈拉原住民——撒哈拉威人爭取獨立的努力與困境，呈現其命運的無奈、情愛的可貴，著實令人泫然！

而在中南美洲旅行時，她對市井小民的記述尤多，感嘆更深，哀傷更巨。當進入貧富差距大、人民生活困苦的國家，她的哀感是「青鳥不到的地方」；當她在教堂前面看到：一位中年男人、白髮老娘、二十歲左右的青年、十幾歲的妹妹，都用膝蓋在地上向教堂爬行，慢慢移動，全家人的膝蓋都已磨爛了，只是為了虔誠地要去祈求上天的奇蹟。

「看著他們的血跡沾過的石頭廣場，我的眼淚迸了出來，終於跑了幾步，用袖子壓住了眼睛。坐在一個石階上，哽不成聲。」

凡此，均見三毛為人，富同情心，具悲憫之情，對於苦痛之人、執著之人，常在關懷之中，她與人同生共活、喜樂相隨、悲苦與共。

三毛作品的佳妙處，當然不只特異的題材內容，不只流露的寬闊胸懷，還有她巧妙的寫作技巧。

我們看她的敘述能力、描寫功夫，都是讓人讀來，愛不釋手的原因。就以三毛自己很喜歡的《撒哈拉歲月．荒山之夜》為例，這篇文章寫三毛與荷西到沙漠尋寶，荷西出了意外，陷入沼澤中，三毛憑著機智與勇氣救出荷西。其文學技巧高妙處，約略言之，即有如下數端：

一、伏筆照應：

三毛把荷西從泥沼中救出來的東西「長布帶子」，是因為她穿了「拖到腳的連身裙」，才能將「長裙割成長布帶子」；荷西上岸後免於凍死，是因三毛出門時「順手拿了一個皮酒壺」。當後面出現這些情節，看到這些東西時，我們才恍然大悟，為什麼前面作者要描寫穿的衣服及順手抓起的東西？這種「草蛇灰線」的技巧，三毛作品中，隨處可見。

當三毛與荷西的車子一進入沙漠，兩人的談話一再出現「死」字、「鬼」字，如：「上次幾個嬉皮怎麼死的？」、「死寂的大地像一個巨人一般躺在那裡，它是猙獰而又凶惡的。」、「我在想，總有一天我們會死在這片荒原裡」、「鬼要來打牆了。心裡不知怎的覺得不對勁」。

二、氣氛鋪陳：

成功的營造氣氛，不僅讓讀者有身歷其境的感覺，也是作品成功的要件。

三、高潮迭起：

三毛善於說故事，故事的精采則奠基於「高潮迭起」。〈荒山之夜〉即是這樣的作品，高潮與低潮不斷的湧現：三毛數度找到救星，卻把自己陷入險境；荷西數度陷入死亡絕境，卻又次次絕處逢生。情節緊扣，讓人目不暇給，喘不過氣。

三毛作品除了「千里伏線」、「氣氛鋪陳」、「高潮起伏」等技巧之外，還有一項「情景交融」，運用得更好更妙，像：

〈娃娃新娘〉，出嫁時的景象：「遼闊的沙漠被染成一片血色的紅」，象徵即將面臨的婚姻暴力。

〈荒山之夜〉，荷西陷在泥沼裏，「沉落的太陽像獨眼怪人的大紅眼睛，正要閉上了」，平添蠻荒詭異的色彩。

〈哭泣的駱駝〉，三毛眼見美麗純潔的沙伊達被凌辱致死，無力救援，「只聽見屠宰房裡駱駝嘶叫的悲鳴越來越響，越來越高，整個天空，漸漸充滿了駱駝們哭泣的巨大的迴聲」，以強烈的聽覺意象取代情感的濃烈表達。

三毛這些「以景襯情」的描寫，處處可見可感，如：

一、寫喜：

「漫漫的黃沙，無邊而龐大的天空下，只有我們兩個渺小的身影在走著，四周寂寥得很，沙漠，在這個時候真是美麗極了。」

這是〈結婚記〉兩人走路去結婚的畫面，廣角鏡頭下的兩個渺小身影，襯出廣大的天地，世界是兩人的。此時的愉快心情，完全不必說。筆觸只寫沙漠「美麗極了」，正是內心美麗極了的「境由心生」，同時也是「以景襯情」的寫法。

二、寫愛：

〈愛的尋求〉，「燈亮了，一群一群的飛蟲馬上撲過來，牠們繞著光不停的打轉，好似這個光是牠們活著唯一認定的東西。」

三、寫驚：

〈哭泣的駱駝〉，當三毛知道沙伊達是游擊隊首領的妻子時，那種震驚，「黃昏的第一陣涼風，將我吹拂得抖了一下。」

四、寫懼：

（三毛聽完西班牙軍隊被集體屠殺的恐怖事件後）「天已經暗下來了，風突然厲裂的吹拂過來，夾著嗚嗚的哭聲，椰子樹搖擺著，帳篷的支柱也吱吱的叫起來。」

五、寫悲：

〈哭泣的駱駝〉，（三毛想到她的朋友撒哈拉威游擊隊長被殺的事件）「打開臨街的木板窗，窗外的沙漠，竟像冰天雪地裡無人世界般的寒冷孤寂。突然看見這沒有預期的淒涼景致，我吃了一驚，癡癡的凝望著這渺渺茫茫的無情天地，忘了身在何處。」

六、寫哀：

〈哭泣的駱駝〉，沙伊達被殺的地方是殺駱駝的屠宰房。「風，在這一帶一向是厲冽的，即使是白天來亦使人覺得陰森不樂，現在近黃昏的尾聲了，夕陽只拉著一條淡色的尾巴在地平線上弱弱的照著。」

三毛傳奇，一直是許多人津津樂道和念念不忘的。在三毛去世之後，兩岸也出現了不少三毛相關的傳記，足見她的魅力和影響歷久不衰，甚至於近年來，學院中亦陸續有以三毛為題的研究論文出爐，三毛作品的文學價值漸受重視，此刻回思瘂弦〈百合的傳說〉中說過的話：「紀念三毛最好的方式，還是去研究她的作品。」、「研究她特殊的寫作風格和美學品質，研究她強烈的藝術個性和內在生命力，才是了解三毛、詮釋三毛最重要的途徑。」相信，《三毛典藏》的出版，帶給大家的正是這樣的方向與契機！

三毛二三事。

三毛家人

「三毛」並不存在

在我們家中，「三毛」並不存在。

爸爸媽媽和大姐從小就稱呼她為「妹妹（ㄇㄟˇㄇㄟˊ）」；兩個弟弟喊她「小姐姐」；在姪輩的心中，她是一個稀奇古怪但是很好玩的「小姑」。

「三毛」這個名字從民國六十三年開始在《聯合報》出現，那些甚至連「三毛」的家人都沒經歷過的撒哈拉沙漠生活，讓我們的「妹妹」、「小姐姐」、「小姑」頓時成了大家的「三毛」；但即使在她被廣大讀者接受後的七十年代，家中仍然沒有「三毛」這個稱呼，大家一切如常，仍然是「妹妹」、「小姐姐」。儘管父母親實在以這個女兒為榮，但家人在外從來不會主動表示「三毛」是我的誰。記憶中，母親偶爾會在書店一邊翻閱女兒的書，一邊以讀者的身分問店家：「三毛的書好不好賣啊？」每當答案是肯定的，她總會開心的抿嘴而笑，再私下買兩三本三毛的書，自我捧場。父親則是有一次獨自偷偷搭火車，南下聽女兒在高雄文化中心的演講，到會場時發現早已滿座，不得其門而入，於是就和數千人一起坐在館外，透過擴音器聽女兒的聲音，結束後再帶著喜悅默默的搭火車回台北。

父親還會做一件事，就是幫女兒整理信件。當時小姐姐在文壇上似乎相當火熱，各地讀者雪片般的信件每月均有數百封。一開始，三毛總是一一親自閱讀，但到後來讀者來信實在太多，對身體不好的三毛成為極大的負擔；不回，則辜負了支持她的讀者的美意，一一回信，簡直不可能。於是父親就利用其律師工作之餘，每天花三四小時幫小姐姐拆信、閱讀、整理、分類、貼標籤，再寫上註記，標明哪些是要回的、哪些是收藏的。十多年來甘之如飴，這是父親用行動表示對女兒的愛護。而這十幾大箱讀者的厚愛與信中藏著的喜怒悲歡，已在小姐姐葬禮中全部火化讓她帶走。

「三毛」是她的光圈，但在我們看來，那些名聲對她而言似乎都無所謂。她的內在一直是陳平，一個誠實做自己、總是帶著點童趣的靈魂。她走過很多地方，積累了很多豐富的經歷，但也因為這些經歷、辛苦和離合，她的靈魂非常漂泊。對三毛的好朋友們、三毛的讀者，和身為三毛家人的我們來說，我們各自或許都看到了、理解了、感受了某一個面向的三毛，但又沒有人能真正看透全部的她。因此我們各自保有對她不同的記憶，用各自的方式想念她。這些記憶或許看似瑣碎，但是對我們來說，是家人間最平凡也最珍貴的回憶。在此身為家人的我們，願意和大家分享這些記憶，做為我們對她離開三十年的懷念。

從小就不同

「小姐姐」在我們家是一個說故事的高手。三十多年了，關於她，我們家人總有一個鮮明的印象：吃完晚飯後，全家人齊坐客廳，小姐姐把頭髮往上一紮，雙腿盤坐，手上拿一大罐面霜，一邊塗臉按摩，一邊「開講」她遊走各地的事。這些在一般人說來平凡無奇的經歷，從她口中講來則是精采絕倫，把我們唬得一愣一愣的。所以小姐姐總說自己是「說故事的人」，不是作家。

其實三毛從小就顯現她與眾不同的特點，譬如有一次她向母親討了點錢，去買了一支當時非常貴的馬頭牌花生口味的冰棒，然後抓著姐姐到離家不遠的一個山洞（防空洞）裏，把冰棒慎重的放到鐵盒做的香煙罐裏，說：「這裏涼涼的冰棒不會化，明年夏天我們就還有冰棒可以吃啊！」第二年的夏天，姐妹倆真的手牽手回到山洞裏，把已經發黃鏽掉的鐵罐挖出來，一打開，哇！只有黃黃濁濁的水。這是她從小可愛的一面，而這份童真在她一生中都沒有消逝。

另外當時我們重慶的大院子裏有個鞦韆，是她們姐妹倆喜歡去的地方。但因為院裏埋著一些墳墓，於是每到天黑姐姐便拉著妹妹想回家。但三毛從小膽子便大得很，總是在鞦韆上盪啊跳的，非摸黑不肯走。除了善良、憐憫、愛讀書，小姐姐同時勇敢、無懼又有反抗心，從小就很有想法，四個手足中，似乎只有她一個是翻轉著長的。她後來沒去上學，現在回想起來，在那個小小的年紀裏，我們自己對人生的態度已經不自覺的顯現出來了。

一切憑感覺

熟悉她的讀者或許記得，三毛曾在沙漠用棺材板做沙發。有時候想想，這個能用棺材板和輪胎把家裏布置得美輪美奐的女人是我的姐姐、陳家的女兒，我們都覺得不可思議。因為回到台灣以後她與爸媽同住，一間不到五坪大的房間，除了書桌、書架和床之外，一切可說非常簡單。但是在她自購的小公寓可就不一樣了，這個位在頂樓不大的鳥居，屋內所見幾乎全部是竹木製：木製牆面、木桌、木鳥籠（裏面裝著戴嘉年華面具的小丑）、竹籐沙發。對我們兄弟姐妹還有我們的小孩來說，那裏是個很特別的地方，完全散發著她個人獨特的美感。

除了家居布置，小姐姐手也非常巧，很會照顧身邊的人，和荷西在一起，可以把他養得白白胖胖，讓他天天想著吃「雨」（粉絲）。但對她自己來說，「吃東西」是非常無所謂且不重要的事，尤其在她專注寫作的時候。她在台北的家有冰箱，但常是空的。她工作起來可以沒日沒夜不吃飯不睡覺，所以我們家人經常買點牛奶、麵包、香腸、牛肉乾、泡麵放在裏面。記得有一次我們去看她，一打開冰箱，裏面空空蕩蕩，只有一條已經咬過幾口的生香腸。我們都大驚失色：「這是妳咬的嗎？」她說：「是啊！肚子餓了嘛！」

另一個她較不在意的便是金錢。小姐姐儘管文章常上雜誌報紙，但是稿費這部分，她一律不管，全部交給母親打理。她常說「我需要的不多」。事實也是如此，她最常穿的是一套牛仔工裝吊帶褲，塑膠鞋和球鞋，高跟鞋是很少上腳的。

不為人知的「能力」

在家中，基本上父母親是不喝酒的，即使應酬，也只是沾唇而已。但是這個二女兒不知是否得了祖父或外祖父的遺傳，她可以喝一整瓶白蘭地或威士忌不會醉倒。但她並不常喝，除非找到能一起說話的朋友。至於煙，小姐姐倒是抽得兇，每次去老家巷口的家庭式洗頭店，總是一邊說故事給老闆娘和其他客人聽，一邊手上一根根的抽，一個小時下來，可以抽上十來根，寫作的時候亦是如此。她抽煙總是用火柴而不用打火機，為的是燒火柴時那股「很好聞，有硫磺的味道」，同時燒火柴時「有火焰，有煙會散開，感覺很棒！」對她來說，火柴是記憶的一部分，會幫她增加靈感。

三毛記憶力很好，而這份記憶力或許在語言上也對她助益頗深。我們家父母親彼此說的是寧波話與上海話，到台灣以後，小姐姐日常說的是國語，但和二老講話時則換回這兩種語言。出生在四川的她除了四川話頗為流利，日後又和與她很親近的打掃阿姨學了純正的台灣話，完全不帶一點外省口音。她在台灣的日商公司短暫幫忙的日子中粗通了日文，並在出國後把西班牙文、英文、德文也統統收到自己的百寶箱中。中文和西班牙文是她這九種語言中最精通的兩種，每當父親有歐美的客戶或友人來台時，三毛總會幫著父親，讓大家賓主盡歡。

充滿愛的小姐姐

小姐姐一輩子流浪的過程中，或許都在尋找一份心裏的平安和篤定，好不容易有了荷西，他卻又撒手中途離去。除了荷西，小姐姐也很愛她的朋友們。三毛對朋友基本上無分男女、國籍、社會地位、有學問沒學問、知名不知名，一旦當你是朋友，她就拿心出來對你。她笨笨的、不會說捧人的話，但是對人絕對真誠，而且對不足的人特別的關心。她有很多很多的好朋友，而這些朋友對三毛的生命造成或大或小的影響。

不過她似乎習慣四處流浪，她說：「不要問我從哪裏來。」於是有了〈橄欖樹〉。當這首膾炙人口的歌不斷被翻唱之際，身為家人的我們除了為她驕傲，也為她心疼。她流浪的遠方不是一個我們能觸及的地方，但也因為是家人，我們比旁人更能看到她的快樂、傷痛和辛苦。另外一首最能代表她年輕的心情的歌則屬〈七點鐘〉，由三毛作詞，李宗盛作曲，描述年輕時約會的心情。詞裏寫道：「鈴聲響的時候，自己的聲音那麼急迫，是我是我是我……是我是我是我……」是啊！這就是我的小姐姐，這樣的小姐姐。

不再漂泊

對很多讀者來說，「三毛」，這個像吉普賽人的女子變魔術一樣的來到人間，寫下一篇篇故事，然後又像變魔術一般的離開。三十年了，三毛仍在你們的記憶中嗎？

在我們家中，「三毛」不存在，但是三十年前的那天，父母親和大姐口中的「妹妹（ㄇㄟˇㄇㄟˊ）」，我和我哥哥的「小姐姐」，走了。

我們很想念她。

儘管，我們不敢說真的完全理解她（畢竟誰又能真的理解誰），但是她非常愛我們，我們也非常愛她，對於家人的我們來說，足矣。對於她的驟然離世，父親有一段話，他說：「生命的結束，是一種必然，早一點晚一點而已，至於結束的方式就不那麼重要了。妹妹的離開，做父母親的固然極度的悲傷、痛心、難過、不捨，但是她的離開是我們人生的一部分，我們只能接受這個事實。妹妹豐富的一生高低起伏，遭遇大風大浪，表面是風光的，心裏是苦的。幸虧有家人和朋友的關懷，不然可能更早就走了。她曾經把愛散發給許多朋友，也得到很多回報，我們讓她好好的平靜的安息吧。」

如果有另一個世界，親愛的小姐姐，希望妳不再漂泊。

給小姐姐的一封信。

三毛弟弟　陳傑

小姐姐：

離開我們至今，已經三十個年頭了，還是很想念妳！每年都會去墓園跟妳和爹爹姆媽說說話，墓前總有不知名的讀者為妳獻上一束花；妳寫的故事，在一九七四年代後的二十年間，滿受讀者喜歡；本來想，一個人的盛名，總有凋零的一天，可是這麼多年過去，妳的書以及透過妳眼下看到的世界，反而在華文以外的國家開始受到矚目；除了不少國家詢問相關出版事宜，紐約時報、英國ＢＢＣ廣播公司所出的雜誌，還有Google都推文介紹「三毛」這位華人作者；然而以妳的個性來看，可能有點煩吧？妳從來都不是在意虛名或是耐煩生活瑣事的人，妳一直以來找尋的，總是靈魂的平安和滿足。身為弟弟的我，時不時想著，這些妳走過一生的紀錄，不如就讓它隨風而逝吧！只願妳與荷西在另一個時空裏，不受打擾地繼續兩人的愛戀情懷，這樣也好；世間事留給我們來處理，不去麻煩妳了。

二〇一八年，在妳與荷西結婚四十四年後，我們陳家人終於遠赴西班牙，拜訪了荷西一家人，這個緣分遲了幾乎半個世紀方才達成。荷西家人對我們很親切，為了一對離世的佳偶，兩家人將這個未嘗會面的缺口，補成一個圓滿的圓；從未到過西班牙的我們，儘管語言不通，透過比手畫腳、翻譯和老照片，兩家人在彼此的分享中，似乎又對妳與荷西的生命更了解了一些，就像是一本書的補遺，由於多了幾行字句，因而讓內容又變得圓滿了些。這樣的相見，是陌生但又溫暖的。我們兩家人不熟稔，但共同擁有一份思念。

另外和妳報告一下，我們也飛到大迦納利島和La Palma島，追憶妳和荷西曾經擁有的小房子，當地旅遊局特別在荷西潛水過世的地方，做了一個紀念雕塑，還出版了一本《橄欖樹與梅花》的書，來紀念妳這位異國女子在當地的生活片羽。這個曾在妳心中劃下深刻的快樂與苦澀的地方，現在它也把妳的面容永遠收藏了起來。在台灣，國立台灣文學館收藏了很多妳留下來的文物，並出了一本《三毛研究彙編》收集別人對妳的分析；在大陸，妳思之念茲的浙江舟山小沙鄉多年來做了很多與三毛有關的活動，像是「三毛祖居紀念館」、「三毛文學獎」等，還種植了橄欖樹林。四川重慶二〇一九年也設立了「三毛故居」，這些林林總總紀念三毛的方式，讓我們有點應接不暇，感恩但也疲於奔波。小姐姐，妳在乎嗎？天上與人間的想法也許是兩極的，但希望妳知道，不管是過去現在還是未來，我們家人總是以妳為榮，總是想保護妳，希望妳是歡喜的。爹爹姆媽在世時，也都感受到妳帶給他們的喜樂，挺好的。

妳的伯樂——平鑫濤先生也到天上去看妳了，要謝謝他的賞識，把三毛從殘酷的撒哈拉沙漠中挖掘出來，在世間成為一朵亮眼出眾的花；妳曾經對大姐說過：「姐姐，我的一生活得比妳精采十倍」，確是這樣；妳這顆「撒哈拉之心」，明亮過，消逝了，足以對世間說：好了，對嗎！

三十年，一個世代的過去，人們還記得這位第一個踏上撒哈拉沙漠的華人奇女子否？妳的一篇篇故事在他們心中還有回憶嗎？妳把生命都放下了，那些世間事何足留念，不必，不必，在天上再去做個沙漠新娘，讓自己開心一下，好嗎！

目錄

緣起 089
1……十字架 092
2……別針 093
3……雙魚 094
4……老別針 096
5……項鍊 097
6……鎖 098
7……還是鎖住了 099
8……秋水伊人 102
9……五更燈 103
10……林妹妹的裙子 105
11……煲 108
12……十三隻龍蝦和伊地斯 109
13……守財奴 112
14……僅存的三個石像 113

15……大地之母 114
16……牛羊成群 116
17……織布 117
18……不打雙頭蛇 118
19……閃爍的並不是金子 120
20……二十九顆彩石 122
21……紅心是我的 123
22……本來是一雙的 125
23……手上的光環 126
24……心愛的 127
25……刻進去的生命 130
26……癡心石 131
27……結婚禮物 134
28……籠子裏的小丑 136
29……小丁神父的女人 138

30……蜜月麻將牌 142
31……廣東來的老茶壺 147
32……阿富汗人哈敏妻子的項鍊 150
33……幸福的盤子 153
34……腓尼基人的寶瓶 155
35……滄桑 159
36……藥瓶 161
37……日曆日曆掛在牆壁 163
38……我敬愛妳 165
39……PEPA情人 168
40……夢幻騎士 170
41……來生再見 171
42……第一個彩陶 177
43……第一張床罩 180
44……第一串玫瑰唸珠 182

45……第一條項鍊 185
46……第一次做小學生 188
47……第一個奴隸 190
48……第一匹白馬 195
49……第一套百科全書 198
50……娃娃國娃娃兵 202
51……時間的去處 206
52……橄欖樹 209
53……西雅圖的冬天 210
54……亞當和夏娃 213
55……我要心形的 215
56……印地安人的娃娃 218
57……再看妳一眼 220
58……遺愛 223
59……受難的基督 229

60……小偷、小偷 231
61……洗臉盆 234
62……美濃狗碗 236
63……擦鞋童 239
64……小船Echo號 243
65……鄰居的彩布 245
66……酒袋 247
67……媽媽的心 250
68……不向手工說再見 253
69……天衣無縫 257
70……停 260
71……你的那雙眼睛 263
72……鄉愁 265
73……血象牙 268
74……不約大醉俠 272

75……華陶窯 276
76……知音 280
77……銀器一大把 284
78……鼓椅 286
79……阿潘的盤子 290
80……讓我講個故事 292
81……糯米漿碗 295
82……初見茅廬 297
83……再赴茅廬 302
84……三顧茅廬 308
85……印度手繡 312
86……飛鏢 314
後記 316

緣起。

我有許多平凡的收藏，它們在價格上不能以金錢來衡量，在數量上也抵不過任何一間普通的古董店，可是我深深的愛著它們。也許，這份愛源出於對於美的欣賞，又也許，它們來自世界各地不同的國家，更可能，因為這一些與那一些我所謂的收藏，豐富了家居生活的悅目和舒適。可是以上的種種理由並不能完全造成我心中對這些東西的看重。之所以如此愛悅著這一批寶貝，實在是因為，當我與它們結緣的時候，每一樣東西來歷的背後，多多少少躲藏著一個又一個不同的故事。

常常，在夜深人靜的夜裏，我凝望著一樣又一樣放在角落或者架子上的裝飾，心中所想的卻是每一個與物品接觸過的人。因為有了人的緣故，這些東西才被生命所接納，它們，就成了我生命中的印記。當然，生命真正的印記並不可能只在一件物品上，可是那些刻進我思想、行為、氣質和談吐中的過去，並不能完善的表達出來，而且，那也是沒有必要向這個世界完全公開的。

在前年開始，為著一些古老的首飾，我懇請吳洪銘將它們拍攝下來。原先，並不存著什麼特殊的用意，在我當時的想法裏，那些因為緣分而來的東西，終有緣盡而別的時候，我並不會因此而悲傷，因為可以保留照片。又想，照片也終有失散的一天，我也不會更加難過，畢竟——人，我們空空的來，空空的去，塵世間所擁有的一切，都不過轉眼成空。我們所能帶走的、留下的，除了愛之外，還有什麼呢？而，愛的極可貴和崇高，也在這種比較之下，顯出了它無與倫比的永恆。

那批拍成的首飾照片，每一個都擁有它自己的來歷，故事的背後，當然是世界上最可貴的人。我忍不住將一個一個首飾寫成故事，將它們發表在《俏》雜誌上，一共連續了七期。後來，因為沒有住在台灣，就停寫了。

這一回，一九八六年了，為著處理那幢仍在迦納利群島上的房子，我捨棄了許多存有紀念價值的大件收藏，將它們送給了朋友和鄰居。當那三尺高的古老水漏、半人高的非洲鼓、百年前的鐵箱、石磨、整套的瓷器杯盤，還有許多許多書畫、石頭、羅盤、牛犁，以及苦心收集來的老鐘、老椅子和老家具跑到另外一個又一個家庭裏去的時候，我看見了對方收到這些禮物時的欣喜，也看清楚了那些東西的緣分在那一刻，對我，已經結束。不，我沒有悲傷，我很明白這一切的秩序——它們的來和去，都不只是偶然。

可是，在我手邊還是擁有一批又一批可貴的東西，吳洪銘說拍吧，我非常高興的答應了。在那個工作到清晨的時光裏，每當洪銘拍攝一件東西，我就很自然的在一旁講出那樣東西的故事。在場的朋友們對我說，既然每一個故事都有它的因緣，為什麼不再寫出來呢？起先並不想寫，因為怕累，可是想到這些東西終究不可能永遠是我的——即使陪葬也不可能與我的軀體同化，就算同化了，又有什麼意義呢？那麼，人是必死的，東西可以傳下去，那麼，接著這份緣的人，如果知道這些東西的來歷——由我才開始寫的，不是收藏得更有趣些了嗎？如果接緣的人再寫下去，那不是更好玩。終有一天，後世的人驚見古跡斑斕，他們會不會再藏下去呢？

就出於這種歡歡喜喜的心情，我拿起了筆，配著照片，開始寫下一個一個故事。

原先，是想給這些寶愛的東西分類刊出的，後來想到自己的思緒：在我日常生活的不斷思考裏，我並不是有系統的、規則的、條律化的在思想，那不可能是我，也不必如此，因為不是就不是。

我喜歡在任何方面都做一個心神活潑的人。對於天女散花這種神話，最中意的也就是——天女將花散得漫天飛舞，她不會將花刻意去撒成一個「壽」字。這不是天女不能，是不為也。

於是，我將我的寶貝們，也以平平常常的心態去處理它們，既然每一個故事都是獨立的，每一樣東西都有屬於它自己的時間和空間，那麼，我也不刻意去編排它們，讓手邊抽到哪一張照片，就去寫哪一個故事。畢竟這是一本故事書，不是一本收藏書，硬性的編排，就失去了那份天馬行空的趣味。沒有趣味的工作，心裏不會想去寫，又何必勉強自己動筆呢。

很可惜，以前刊載在《俏》雜誌上的一批首飾精品，都不能在《皇冠》上重刊了。那些已發表的部分，只有期待出書結集的時候，和有緣的人在書中見面了。

1……十字架

它躺在一個大花搪瓷的臉盆裏，上面蓋了一大堆彩色的尼龍珠串和髮夾，整個的小攤子，除了十字架之外，全是現代的製品，翻到這古舊的花紋和造型，我停住了。然後將它拿出來，在清晨的陽光下琢磨了一會兒，只因它那麼的美，動了一絲溫柔，輕輕問那個賣東西的印地安女人：「是妳個人的東西嗎？」她漠然的點點頭，然後用手抓一小塊米飯往口裏送。十字架的頂端，可以掛的地方，原先紮著一段粗麻繩，好似一向是有人將它掛在牆上的樣子。

「妳掛在家裏的？」我又問，女人又點點頭。她說了一個價錢，沒法說公不公道，這完全要看買主自定的價值何在。我沒有還價，將要的價錢交了出去。

「那我就拿走啦！」我對那個女人說，心底生起了一絲歉疚，畢竟它是一個有著宗教意義的東西，我用錢將它買了下來，總覺對不住原先的主人。

「我會好好的給妳保存的。」我說，攤主人沒有搭理我，收好了錢，她將被我掏散的那一大堆珠子又用手鋪平，起勁的喊起下一個顧客來。

那是在一九八一年的厄瓜多爾高原的小城Rio Bamba的清晨市集上。

2……別針

圖片中那個特大號的老鷹形狀別針看起來和十字架上的彩色石頭與鐵質是一個模樣的。事實上它呈現在我眼前時已是在秘魯高原接近「失落的迷城」瑪丘畢丘附近的一個小村子裏了。那個地方一邊下著大雨一邊出大太陽，開始我是為著去一個泥土做的教堂看印地安人望彌撒的，做完彌撒，外面雨大，躲到泥濘小街的一間店鋪去買可樂喝，就在那個擠著牙膏、肥皂、鞋帶、毛巾和許多火柴盒的玻璃櫃裏，排列著這幾個別針，這一個的尺寸大如一只煙灰盤，特別引人。老闆娘也是一位印地安人，她見我問，就拿了出來，隨口說了一個價，我一手握著別針，順口就給她就地還錢，這一場遊戲大約進行了四十五分鐘，雙方都累了，結果如何買下的也不記得，只想到討價還價時一共吃了三支很大的玉米棒。是這一只大別針動的心，結果另外三只就也買下了，有趣的是，其中三只都是以鷹做為標記而塑成的。可是鷹的形狀每隻都不同，只有圖中右下第二個，是一隻手，握著一束花，就因為它不是鷹，在講價時老闆娘非常得理的不肯因為尺寸小而減價。事實上，它們也不可能是銀的，但是賣的人一定說是銀的，她沒有注意到「時間」在這些民俗製品上的可貴，堅持是銀的。於是，我也就買了，算作秘魯之行的紀念。

3……雙魚

深夜的街道斜斜的往上通，她的攤子有一支蠟燭在風裏晃。天冷，地勢海拔四千公尺，總是冷的，尤其在夜裏。我停下來買一條煎魚，魚是煎好的，放在報紙下面，印地安女人很自然的要將魚放回到油鍋內再熱給我。看到地上紙盒子裏還睡著一個娃娃，不忍她為了我一點小生意再麻煩，再說玻利維亞的首都拉巴斯當時是要戒嚴的，我催著她要付錢，說冷魚也很好吃，快賣了給我收收攤子回去吧！那個女人仍然要給我煎，一面下鍋一面問我幾點了，我告訴她，她起身緊了一緊披風，急著收攤子背娃娃，就在那時候，我發現她的身上、胸口，晃動著兩隻銀色的魚，是晃動的，好似在游著一般閃閃發光。我忍不住伸手摸了一摸。「妳賣不賣這對魚？」問著自己先臉紅了。那女人愣了一下，怕我反悔似的急急的說：「賣的，賣！」唉，我是個討厭的人，利用了別人小小的貧窮。我們雙方都說不出這雙銀魚該付多少錢才好，對著微笑，都很不好意思，最後我說了價，問她夠不夠，她急忙點頭怕我要反悔，急著將銀魚從自己身上拿下來。魚下來了，夜風一吹，吹掉了她沒有別針的披風。

「我還有老東西。」她說，要我第二天去街上找她，我去了，第二天晚上，她給了我照片下面的兩副紅石頭的耳環，也是我出的價，她猛點頭。拿下了她的家當，有好一陣心裏不平安，將耳環用手帕包了又解，解了又包。好幾年來，這個女人的身影和她的攤子，還有那個嬰兒，一直在我的心裏參雜著一份內疚不能退去。我想，再過幾年如果回去拉巴斯，我要將這幾樣東西送回給那個女人，畢竟，這是她心愛的。

4 ……老別針

雙魚左下方的一個大別針來源得自一場爭執，老媽媽在市場坐著曬太陽織毛襪子，我經過，拍了一張她的照片。老媽媽反應快，去叫著罵人，被罵了，我一直道歉，不敢走，那是在秘魯的古城「古斯哥」火車站前的市場裏，她叫我買一雙毛襪子做賠償——照片費。我看那些襪子尺寸都太大了，不肯買，雙方都有氣，又是笑著罵著氣著的，一看她的身上，那個披肩正中用這一只「狗和花環」的老別針紮著，便不吵了，搬了個板凳坐下來與她打商量，坐到太陽都偏西了，我的手上多了一雙大毛襪子加這只極美的狗別針。老媽媽是最厲害的一個商人，她很兇，而且會說話，包括別針中間掉了一顆彩石都有理由——不然別人不當它是全新的？掉了一顆才知道是古董。老媽媽會用字，她知道文化人找的是古董，這也是她叫的——叫我文化人。我猜，她是個富人，不致只有這一個老別針的，再說，她要的價格是很高的，可以買一隻小羊再編襪子了。

5……項鍊

那家店賣檯布，中國大陸製造的檯布，我進去看，看見了一個盤子，裏面放著亂七八糟的一堆破銅爛鐵。不經意的翻了兩下，手裏拎出兩串項鍊來。店員小姐在忙，頭也不回的說，是三百塊一串，合台幣是一百元左右，那種美麗的銀光，還有神秘的藍，一共兩百台幣。旁邊另外一個婦人看見了，也走過來，追問我是不是要了，我怕她買去，急說是要了，眼看被包起來了，才放心的問：「哪裏來的？」店裏說：「南美吧！」那個吧字，並不確定，是順口說的。

買好了它們，我去了下一條街的古董店，給我的老朋友店主看。店主是個識貨的，當他聽說了我的價格之後，加了三倍，要我轉手，我想了一下，加了二十倍肯賣，雙方沒有成交。只見那個古董店的朋友匆匆交代了店員小姐兩句，就往我說的檯布店急急走去。其實，那兒只有這兩條是尚好的東西，其他剩的都是不好看的了。得到這兩條項鍊是在十個月前的迦納利群島的一條大街上。

6……鎖

這種中國的飾物帶著「拴命」的意思，孩子生下來給個小鎖戴上，那麼誰也取不去心肝寶貝的命了。不想它的象徵意義戴著還算好玩，稍一多想，就覺得四周全是張牙舞爪小鬼妖魔等著伺機索命。這種時候，萬一晚上睡覺時拿下鎖來，心裏必定發毛。

是去台北光華商場看人家開標賣玉的，這非常有趣，尤其是細看那些專心買物、低聲交談的一桌人，還有冬夜裏燈下的玉。

看了好一會兒，沒敢下標，傳遞中的玉又使我聯想到「寶玉」、「黛玉」、「妙玉」、「玉色大蝴蝶」……悠悠悠悠……

結果心血來潮在一家店裏買下了三個銀鎖，一個給了心愛的學生印可，兩個跟著自己。左邊那只鎖上方兩邊轉進中間去的地方，勾得尖銳了些，兵器的感覺重；右邊那個比較小，可是淳厚。

都沒有戴過，無論是鎖或是已有的三塊玉。將它們放在盆子裏，偶爾把玩。其實，是更愛玉的，它們是另一種東西了，那真是不同的。

7……還是鎖住了

之一

這張圖上的手環在右邊，環上寫著「居家平安」，也可以唸成「安平家居」、「平家居安」和「家居安平」。特別喜歡有文字刻著的飾物，更喜歡這只手鐲。是作家徐訏先生的女兒尹白送給我的。常常想念這一對父女，尹白現在舊金山，許多年不見了，只是她給的話，總在環上。

又是兩個中國鎖，緊鄰手環旁邊那只是作家農婦孫淡寧女士在香港機場掛在我頸上的，鎖用紅線紮著。幾年後線斷了。後來西班牙二哥夏米葉去迦納利島上看我，我叫他用這個鎖再穿一串項鍊出來，那時我的先生已逝，我們坐在黃昏的海灘上穿珠子，輕輕的說著往事和再也聽不厭的有關他們兄弟之間的童年瑣事。穿穿拆拆弄出了這條鎖鍊，二哥給我戴上，第二天他就坐船走了。這條鍊子也是不常戴的，可是鎖進很多東西，包括穿珠子時落日照耀在大海上的餘暉還有我們說過的話。

之二

在香港的一間古飾店裏，看到三串銀鎖。我看中的那串在現在圖片裏靠近那串三角形細銀鍊的旁邊。

它是鎖在一個小櫃子裏的，想看，店員小姐開了櫃子放在我手中，價格也就看清楚了。對我來說，花太多的錢去買一樣心愛的東西只為著給自己欣賞，是捨不得的——除非它不貴。可惜它是貴的。但是我口袋裏也不是沒有錢。

我把玩了一會兒，謝了店內小姐，轉去看另一個櫥窗，當時便買下了兩片彩陶包銀片的墜子，就是照片中後來用細銀鍊穿成三角形的那兩塊小東西。銀鍊是義大利的。

回過來再說這條鎖項鍊，中間刻著「長命百歲」的這串。

買好了小東西，心中仍然牽掛它，想在離去之前再看一眼才走，可是它偏偏不在原來的地方了。當時店內另有兩位西方太太，我猜這一轉身，鎖是被她們買去了。

問店員小姐，她說：「賣掉囉！」

當天陪我上街的是兩位香港的好朋友，倪匡與金庸的太太。

聽到鎖賣了，我的臉上大概露出了一絲悵然，雖然並沒有打算買的。那時金庸的太太笑出來了，也跟著說：「賣掉囉！」倪匡太太也在笑，我也不懂。

逛街後我回旅館，下車時May交給我一個小口袋，回房打開來一看，呀，我看的鎖就躺在裏面，那一霎時的滋味真是複雜。很感激她們對我的友愛，又有些不好意思，可是我真是高興由這種方式下得來的意外驚喜。

以後常常戴它，如果有人問，就說是金庸太太May用這種法子買給我的，它的裏面又加上了其他的含意，十分珍愛它，也常常想念這兩位好朋友。

8 秋水伊人

一位中國的伯母，發現我愛老東西，就說她確有一些小玩意兒，大陸帶來的，要得翻一下才知道在哪裏收著。

沒過幾天，我得了三個竹刻泛黃的圖章盒，上面有山有水有詩詞，盒子裏，霉出小黑點的軟棉紙就包著這四樣細銀絲捲出來的別針。

圖上兩片葉子倒也罷了，沒有太多感應。左上角是一隻停在花枝上的雀，身體是一條細絲繞出來的，左下角是隻蟬吧。這兩樣寶貝，常愛細細慢慢的品味它們，尤其在夜間的聚光燈下。看到夜深花睡時，這幾個別針就飛入張愛玲筆下那一個世界中某些女人的衣服上去了——是白流蘇的嗎？

太精細的東西我是比較不愛的，可是極愛產生它們這種飾物的那個迷人的時代和背景。這兩個別針，當是跟墨綠的絲絨旗袍產生關聯的，看著它們，不知為何還會聽見紗窗外有歌聲，慢慢淡淡的流進來——望穿秋水，不見伊人的倩影——

9⋯⋯五更燈

當那一大紙盒的舊鍋圓盤加上一個幾近焦黑的大茶壺在桃園中正機場海關打開時，檢驗的那位先生與我都笑個不停。那次的行李裏衣服只有三件，有的全是這些髒手的東西。

去了兩夜三天的香港，有事去的，時間不夠逛街，一面吃著叉燒包一面擠空檔過海。什麼百貨公司都沒去，就在那條高高低低石階的古董街上跑。淘古董的遊客也多，太多美麗的老東西——當然有些也是貴的。我愛便宜的老東西，它們不會因價格而不美，這完全見仁見智。

回台已是夜間了，父親找出擦銅油來，恰好那日吳璧人妹妹也來家裏，於是我們對著一堆焦黑的東西，用力擦啊！一面擦一面笑，說著：「當心！當心！別擦太亮了。」

擦出一盞燈來，母親一看，說：「呀！是個五更燈嘛！」

我以為她說「五斤燈」，順口說：「哪有那麼重，有五斤嗎？」

這個燈下面的小門打開來，裏面一個極小的銅油燈可以點著，油燈上面有一個淺凹的盤子放在中間，上面才是罩子。母親說，當年外婆在寧波熬名貴的藥材，就是用這種銅器，放在凹形的盆內小小一碗，要慢火熬到五更天，才能喝下去，因此得了個好聽的名字。

我後來搬出母親家，一個人在台北住一間小公寓，夜談的好友來了，就點油燈，一談給它談到五更天，的確不負此燈。

這個燈，是七塊港紙買下的，寶貝得很厲害，「無價」之寶。

10……林妹妹的裙子

這兩條裙子，是我收藏中國東西的開始。

有一年，回到台灣來，父親老說我的衣服不夠，每天都催人上街去買新衣服。

對於穿著，並不是不喜歡，相反的，就因為太喜歡了，反而十分固執的挑選那種自然風味的打扮。這麼一來，櫥窗裏流行的服飾全都不合心意——它們那麼正式，應該屬於上班族的。那種，兵器很重的防禦味道，穿上了，教人一看，十步之外，就會止步而且肅然起敬的。

我喜歡穿著的布料偏向棉織或麻織品，裙子不能短，下幅寬一些，一步一跨的，走起來都能生風。那種長裙，無論冬天配馬靴或夏天穿涼鞋，都能適合。至於旗袍、窄裙，大概一輩子都不會去買——它使我的步子邁不開，細細碎碎的走路，怪拘束的。

就因為買衣服不容易，逛來逛去，乾脆不再看衣店，直接跑到光華市場去看舊書。

就在舊書市場的二樓，一家門面小小的古董店裏，先看見了照片中那條桃紅色的古裙。

我請店家把裙子取下來——當時它掛在牆上被一片大玻璃框嵌著——拿在手中細細看了一下那個手工，心裏不知怎的浮出一份神秘的愛悅。時光倒流到那個古老的社會，再流進《紅樓夢》裏的大觀園去。看見林妹妹黛玉穿著這條裙子，正在臨風涕泣，紫鵑拿了一個披風要給她披上，見她哭得那個樣子，心裏直怪寶玉偏又嘔她。

想著想著，我把這條裙子往身上一緊，那份古雅襯著一雙涼鞋，竟然很配——這是林妹妹成全我，並不小器。她要我買下來，於是，我把它穿回家去了。

這種裙子，事實上是一條外裙，長到小腿下面。過去的小姐們，在這裙子下面又穿一條更長的可以蓋住腳的，這種式樣，我們在平劇裏還可以看見。《紅樓夢》的人物畫片裏也是如此的。

當我把這條桃紅色的古裙當成衣服穿的時候，那個夏天過得特別新鮮。穿在歐洲的大街上時，總有女人把我攔下來，要細看這裙子的手工。每當有人要看我的裙子，我就得意，如果有人問我哪裏可以買到，我就說：「這是中國一位姓林的小姐送的，不好買哦！」

說不好買，結果又給碰到了另一條。

這一回，林妹妹已經死了，寶玉出家去，薛寶釵這位做人周全的好婦人，把她一條裙子陪給了襲人，叫她千萬不必為寶玉守什麼，出嫁去吧。當襲人終於嫁給了蔣玉涵之後，有一回曬衣服，發現這條舊裙子，發了一回呆，又給默默的收放到衣箱裏去。

許多年過去了，這條裙子被流到民間去，又等了很多年，落到我的家裏來。

每年夏天，我總是穿著這兩條裙子，大街小巷的去走，同時幻想著以上的故事。今年夏天，又要再穿它們了，想想自己的性格，有幾分是黛玉又有幾分是寶釵呢？想來想去，史湘雲怎麼不見了，她的裙子，該是什麼顏色呢？

湘雲愛做小子打扮，那麼下一回，古董店裏的男式衣服，給它買一件，夢中穿了去哄老太太賈母，裝作寶玉吧。

11……煲

這是一句西方的諺語，說得真好——閃爍的並不一定是金子。它是銅的。

看這個用手敲出來的銅鍋造型有多美，蓋子那麼飽滿渾圓，摸上去還有細微的凹凸。找到它的時候，它被丟在香港古董街的牆角邊，亂丟的，鍋底鍋蓋一團黑，裏面不知燉了幾十年的好菜，等到鋁鍋上市了，主人家才棄了它，將它當破爛給賣了。

也是擦出來的光輝，細細擦，將歲月擦回去，只一瓶擦銅油，時光倒流在我手上，告訴了我許多只有灶神娘娘才知道的秘密。

用它來煮了一次梅乾菜扣肉，畢竟捨不得，就給擱在架子上了。真銅與鍍銅的光澤是絕對不相同的，這只鍋——沉潛。

12……十三隻龍蝦和伊地斯

許多許多年以前，有一個人，是北非撒哈拉沙漠的居民，他的名字叫做伊地斯。

當年的伊地斯常常到我們家來，向我的先生借用潛水器材，他借去了潛水的東西之後，總要消失十多天才回鎮上來。後來我們聽人說起才知道伊地斯去了西屬沙漠的海岸，用空氣瓶下海捉龍蝦，然後賣給在沿岸打魚的西班牙漁船，每去一次，可以賺一個月的生活費回來。

我的先生一向堅決反對揹著空氣瓶下海打魚或捉任何生物，總是說，肺潛是合法的，一口氣潛下去一趟，打不著也算了，如果在水中帶著空氣瓶，好整以暇的在水裏打獵，如果人人這麼做，海洋的生物便受不到保護，再說，龍蝦是一種生長緩慢而又稀少的高貴珍寶，像伊地斯那種捉法，每次好幾麻袋，的確是太過了，包括尺寸很小的龍蝦也是不放過的。

後來伊地斯再來家借器材，就借不到了。我跟他說，我們打魚是用肺潛的，龍蝦絕對不去捉，這在當時的西屬撒哈拉，就跟野羚羊不許射獵一樣，是為著保護稀少動物所定的法律。

伊地斯趁著我先生不在家，又來借器材，說他有家小要養，這次只打大群的紅魚，保證不去捉龍蝦了。

我又借給了他，說好是最後一次，借了之後心虛得厲害，瞞著先生，怕他知曉了要怪責。沒過幾日，伊地斯來還東西，同時交給我一個口袋，打開來一看，竟是一堆龍蝦——送我的。「那麼小！」我抬起頭來問他，他很無奈的說：「大的早打光了，就算小也請妳收下吧。」就是因為那麼幼小的也給打上來，才引得我發怒的，而伊地斯卻誤會了我們，以為當初沒有送龍蝦所以藉口不再借器材，又誤會我是想得些大號的龍蝦。他用手指了指，又說就算小尺寸也一共有十三隻。

那天我不肯拿他的禮物，一定不肯要，伊地斯走的時候彼此都受了窘，以後他就不來家裏了。

等到沙漠政情有了變化，我立即要離開沙漠的那幾日，伊地斯突然來了，交給我紮緊的一個小紙包，一定要我收下當紀念品，說裏面是他最珍愛的東西。我問是什麼，他說是兩塊石頭。我雙手接下了小包，他急著要走，我們握握手就散了。記得我當時問他以後的路，他說：「去打游擊。」

等到真正發覺伊地斯送我的是兩塊什麼樣的所謂石頭時，他已上吉普車遠走了，兵荒馬亂的當時，無法再找到他。

我認識，這兩塊磨光的黑石，是石器時代人類最初製造的工具，當時的人用棍子和藤條夾住這尖硬的石塊，就是他們的刀斧或者矛的尖端。

總聽說，在沙漠某些神秘的洞穴裏仍然可以挖出這樣的東西來，只是聽說而已，人們從來沒有找到過，起碼在我的撒哈拉威朋友裏，沒有一個人。認識這種石塊，是因為在一本述說石器時代的書本上看過同樣的圖片。

一直帶著這兩塊東西，深夜裏把玩的當時，總會看見石器時代的人群，活活的人群，在我眼前的大平原上呼嘯而過，追逐著洪荒怪獸，他們手中舉著的矛，在烈日荒原下閃閃發光。

這兩塊石片裏，浸過獸血和人汗，摸上去，卻是冰涼的。

13……守財奴

這照片中的零零碎碎，只是收藏的小部分而已。大件的，例如非洲鼓、大木架石水漏、粗陶、大件石像、十八世紀的衣箱、腓尼基人沉船中撈起的巨型水瓶、遊牧民族的手織大地毯……都存在迦納利群島一間鎖著的空房子裏。

其實，這幾年已經不很看重這些東西了，或說，仍是看重的，只是佔有它們的慾望越來越淡了。

沒有人能真正的擁有什麼，讓美麗的東西屬於它自己吧，事實上它本來就是如此。

《紅樓夢》的〈好了歌〉說得多麼真切：終朝只恨聚無多，及到多時眼閉了。一般人不喜歡聽真切的話，所以最不愛聽〈好了歌〉。把玩這些美物的時候，常常覺得自己是一個守財奴，好了好了的在燈下不肯閉眼。

14 僅存的三個石像

為了這張圖片，前兩天去了一趟洛杉磯中國城，站在書店翻看了一本《撒哈拉的故事》（註：此為舊版《三毛全集》書名，收入新版《三毛典藏》系列《撒哈拉歲月》中），在那本書〈白手成家〉一篇中明明記錄了石像如何到我手中的來龍去脈，因為略說不足，就提起了這本書，不再在此敘述了。

當初得到時一共是五個，其中一個送給了一位通訊社的記者，另一個給了我的堂嫂沈曼，她在維也納。

這種石像，光憑視覺是不夠的，得遠視，得近觀，然後拿在手裏，用觸覺，用手指，慢慢品味線條優美的起伏，以及只有皮膚才能感覺出來的細微石塊凹凸。

這三個石像，不能言傳，只有自己用心體會。

深色鳥的眼睛比較死板了些，卻板得不夠拙，可是就線條來講，在我，是摸不厭它們的。

還是說：是一個別人視為瘋子的老人，在沙漠裏的墳場中刻的，被我分了五個回來。

15 ……大地之母

人說，大地是一個豐沃的女人，沒有人真正見過她，踏著泥土的農人深信地上的收穫是她所賜予的禮物；也是每一個農家又敬又愛的神祇。

當然，那是在早遠時代的玻利維亞了。

又說，將大地之母的石像找一個風和日麗的好天氣，不給鄰人看見，悄悄的埋在自家的田地裏，那麼這一年，無論田宅、家畜和人，都將得到興旺和平安。

每當大地之母生辰的那一日，也得悄悄的將母親自土裏面請出來，用香油澆灌，以祈禱感謝的字句讚美她，然後仍舊深埋土中，等待第二年生辰的時候才再膜拜了。

我喜歡這個故事。

那些玻利維亞的小攤子沿著斜街一路迤邐下去，有的是商品，做遊客生意的，有的不能叫遊客土產，大半是女人翻出來的舊「家當」；少數幾樣，沒精打采的等著遊人看中了哪一樣舊貨可以得些小錢。

整個城裏走遍了，就那一個胖女人有一塊灰石頭放在腳邊，油漬加上泥土，一看便知是挖出來的大地之母。

「怎麼把媽媽拿出來賣了呢？」我笑問她。

「啊，沒辦法！」她攤開手掌，做出一個十分豁達的表情，安安然的——想必沒有田產了。我也沒有田產，可是要她——一切的母親。

很重的一塊石頭，大地之母的臉在正中，顎下刻著她的丈夫，另一面又有人臉，說是兒子與女兒，盤在右上角一條蛇，頂在大地之母上的是一隻羊頭。

交纏的花紋裏透著無限神秘與豐沃。

回台後一直沒有土地，放在書架的下面，算是大地的住所，忘了問生辰在哪月哪日，好用香油膏一膏她。

16……牛羊成群

我猜，在很古早的農業社會裏，人們將最心愛或認為極美的東西，都在閒暇時用石頭刻了出來。

第一圖那塊四方的石頭，細看之下，房舍在中間，左右兩邊是一排排的羊，最中間一口井，羊群的背後，還刻著牧羊犬，照片中是看不出來了。

方石塊右方兩組石刻，也是羊群，它們刻得更早些，石塊的顏色不同。

大地之母石塊照片的下方那一張也是單隻和雙組的牛羊，在藝術上來說，單的幾個線條之完美，以我個人鑑賞的標準來說，是極品。看癡了覺得它們在呼吸。

並不是攤子上買的，是坐長途車，經過小村小鎮去採集得來的東西。

問過印地安人，這些石刻早先是做什麼用的，人說，是向大神祈禱時放在神前做為活家畜的象徵，那麼以後這些牛羊便會生養眾多了。

17 ⋯⋯ 織布

照片背景用的是一塊手織的布，南美印地安人的老布，染料來自天然的礦粉和植物。織得緊密，花紋細繁，機器再也弄不出來的。人說，要織半年八個月，才得這麼一塊好東西。

得了這塊布以後，也不敢拿它來做背心，只在深夜裏捧出來摸摸看看，幻想長辮子黑眼珠的印地安女子織了它本是做嫁妝的，好教人知道，娶過來的新娘不但美麗還有一身好手藝，是一個值得的姑娘。

18……不打雙頭蛇

那家店不算大，隱藏在鬧街的一個角落裏。是看了那面鏤花的鐵門而停住了腳步的，店內陰涼而幽暗，一些大件的老家具、塑雕和油畫靜靜的發著深遠安靜的光芒。一張女人的畫像尺寸不大，眼神跟著看她的人動，無論去到哪一個角落，她總是微笑著盯著人。那張畫買不起，卻來來回回去了三次——看她。就這麼跟店主做了朋友，好幾個黃昏，聽他講猶太人的流浪還有那些死在集中營裏的家人，講到他劫後餘生的太太又如何在幾年前被癌細胞吞噬——那些店主本身的故事。

最後一次去店裏，店主拿出了幾串項鍊來，要我挑，我不好再問價格，猶豫的不好決定，這時候，對於下方有著一個圓環的那串其實一看就喜歡了。是一條雙頭蛇，頭對著頭繞著，這使我想起小時候課本上念的孫叔敖打雙頭蛇的故事。

「送給妳好麼？」店主說。我笑著搖搖頭。

「那麼賣給妳，算五百塊兩條。」五百塊等於台幣一百三十多塊。我收下了，付了錢，跟店主對視著笑了笑，向他說了感謝。

很少用這兩條項鍊，可是當我把玩它們的時候，總好似又置身在那間黃昏幽暗的店堂，那幅畫上的女人微笑著盯住我，那個店主在說：「我們從阿根廷又來到這迦納利群島，開了這家店，生活總算安定下來了，而我太太，在這時候病倒下來，她的床前就掛著這幅女人的畫，妳知道，畫中的人，看著我太太一日一日瘦下去，直到嚥氣……」

當我摸弄著雙頭蛇的時候，耳邊又響起那個禿頭店主的聲音：「好好保存這條蛇，它會給妳帶來好運的！」

19……閃爍的並不是金子

圖中那一堆金子都是假的，除了手上的戒指之外。

幾年前，我有一個鄰居，在迦納利群島，她的丈夫據說是德國的一個建築商，生意失敗之後遠走南美，再沒有消息。太太和兩個兒子搬來了島上，從慕尼黑來的。這家人仍然開著朋馳牌轎車，他們的小孩，用汽水打仗——在鋪著華麗的波斯地毯上。說是房租學費都付不出了，可是那家的太太總在美容院修指甲做頭髮，一家三口也老是在外面吃飯。

有一天那家的太太急匆匆的跑到我的家來，硬要把一張波斯地毯賣給我，我跟她說沒有能力買那麼貴的東西，她流著淚走了。

不久，南美那邊匯來一筆錢，這位太太拿它去買了許多鞋子、衣服還有兩副金耳環，跑來給我看。那一陣她活得很自棄，也浪費。

過沒多久的一個深夜裏，她的汽車在海邊失火了，許多鄰人去救火，仍然燒成了一副骨架，燒的當時，鄰居太太拿了照相機在拍，同時大聲的哭。過不久，又看見她在餐館喝酒，臉上笑笑的，身旁坐了一個浪蕩子。傳說，她在德國領了汽車保險賠償。我一直不懂，為什麼車子失火的那個晚上，一向停車房的汽車會開到海邊去，而且火是由後座燒起來的。

當這位太太再來我家的時候，她手中拿著這幾副閃著金光的東西，好看，極美的首飾，但那是鍍金的。一看就知道是印度的東西。那時候，她說她連吃飯的錢也沒有了。

我很不情願的買下了她的三只手鐲和一條項鍊，所費不多。沒想到過了一個星期，她再來看我時，腳上多了一雙黑底嵌金絲的高跟鞋，問我新鞋好不好看，然後又說她的孩子要餓死了。

後來，我不再理她了，過不久，她去了南美找她的先生。深夜裏走的，房租欠了一年沒有付。

又過了一個聖誕節，接到一封信，信中照片中的女人居然是那個芳鄰，她站在一個木屋前，雙手舉在頭上，很風騷的笑著。

總算對我是有感情的，萬水千山寄了封信來。我保存了這幾樣屬於這個德國女子的東西，一直到現在。

圖中的戒指，是我自己的一個紀念品，與其他幾件無關了。

20⋯⋯二十九顆彩石

一共是二十九顆彩色的石頭，湊成了這條項鍊跟兩副手鐲。它們是錫做的，拿在手裏相當輕，那一次一口氣買了大約十多樣，分送國內的朋友。它們沒有什麼特別的故事，得來卻也並不容易。

在一堆雜亂貨品的印度店裏搜來的，地點在香港的街上。

21……紅心是我的

一直到現在，都不知道這種石頭是用什麼東西染出來的。如同海棠葉大小的平底小盤裏躺著的都是心。

那個不說話的男人蹲在地上，只賣這些。

世上售賣心形的首飾店很多，純金、純銀、鍍金和銅的。可是這個人的一盤心特別鼓，專注的去看，它們好似一蹦一蹦帶著節奏跳動，只怕再看下去，連怦怦的聲音都要聽出來了。

我蹲在地上慢慢翻，賣的人也不理會，過一會兒乾脆又將頭靠在牆角上懶懶的睡了。

那盤待售的石心，顏色七彩繽紛，湊在一起等於一個調色盤。很想要全部，幾十個，拿來放在手中把玩——玩心，這多麼有趣也多麼可怕。

後來那個人醒了，猜他正吸了大麻，在別個世界遨遊。我說減半價就拿十個，他說：「心哪裏可以減價的，要十個心放在哪裏？」我說可以送人，他說：「妳將這麼重要的東西拿去送人，自己活不活？」我說可以留一個給自己，他說：「自己居然還留一個?!那麼送掉的心就算是假的，不叫真心了。」

「你到底是賣還是不賣呀！」我輕輕笑了起來。

「這個，妳買去，刻得飽滿、染得最紅的一顆，不要還價，是妳的了。」

那顆心不在盤子裏，是從身體中掏出來的。外面套的袍子是非洲的，裏面穿的是件一般男子襯衫，他從左邊襯衫口袋裏掏出來的一顆。

「噯！」我笑了。

配了一條鐵灰鍊子，很少掛它，出門的時候，總放在前胸左邊口袋裏。

22……本來是一雙的

那是銀製的腳環，戴在雙腳踝上，走起路來如果不當心輕輕碰了腳跟，就會有叮一下的聲音響出來。

當然，光腳戴著它們比較突出，原先也不是給穿鞋子的人用的。最好也不要走在柏油路上，更不把戴著它的腳踝斜放在現代人的沙發或地毯上（波斯地毯就可以）。

這個故事——腳環的故事，寫過了，在〈哭泣的駱駝〉（註：收入新版《三毛典藏》系列《撒哈拉歲月》中）裏。

這幾年懷著它們一同經過了一些小小的變化和滄桑，怎麼掉了一只的也不明白，總而言之，它現在不是一對了。

23……手上的光環

它們一共是三只手環，第一年的結婚日，得了一只，是左圖上單獨平躺的那只。尺寸小，合我的手腕，不是店裏的東西，是在撒哈拉沙漠一個又一個帳篷裏去問著，有人肯讓出來才買下來的。

很愛它，特別愛它，沉甸甸的拿在手中覺得安全。後來，我跟我的先生說，以後每年都找一個給我好不好。可是這很難買到，因為這些古老的東西已經沒有人做了。第二年的結婚紀念我又得了一個，第三年再一個，不過它們尺寸大了些，是很辛苦找來的。於是我總是將大的兩只先套進手腕中去，最外面才扣那只小的，這樣三只一串都不會滑落。

在撒哈拉沙漠一共三年，就走了。

24……心愛的

它叫「布各德特」（「特」的尾音發得幾乎聽不見，只是輕微的頓一頓而已）——在阿拉伯哈撒尼亞語中的名稱。

不是每一個沙漠女人都有的，一旦有了，也是傳家的寶貝，大概一生都掛在胸前只等死了才被家族拿去給了女兒或媳婦。

那時候，我的思想和現在不大相同，極喜歡擁有許多東西，有形的，無形的，都貪得不肯明白的。

一九七三年我知道要結婚了，很想要一個「布各德特」掛在頸上，如同那些沙漠裏成熟的女人一樣。很想要，天天在小鎮的舖子裏探問，可是沒有人拿這種東西當土產去賣。

鄰居的沙漠女人有兩、三個人就有，她們讓我試著掛，怎麼樣普通的女人，一掛上「布各德特」，氣氛立即不同了，是一種魔術，奇幻的美裏面，藏著靈魂。

結婚的當天，正午尚在颳著狂風沙，我聽見有聲音輕輕的叩著木門，打開門時，天地玄黃的熱沙霧裏，站著一個蒙了全身黑布頭的女人。那樣的狂風沙裏不可能張口說話。我不認識那個陌生女子，拉著她進小屋來，砰一下關上了門，可是那個灰撲撲的女人不肯拿掉蒙臉的布，這種習慣，在女人對女人的沙漠中早已沒有了。

也不說話，張開手掌，裏面躺著一團泥巴似的東西。她伸出四個手指，我明白她要賣給我四百西幣，細看之下——那是一個「布各德特」。

雖然是很髒很髒的「布各德特」，可是它是如假包換的「布各德特」。

「妳確定不要了？」我拉住她的手輕輕的問。

她很堅定的搖搖頭，眼神裏沒有故事。

「誰告訴妳我在找它？」

她又搖搖頭，不答話。

我拿了四百塊錢給她，她握著錢，開門走了，走時風颳進來細細的一室黃塵。我又快樂又覺歉然，好似搶了人家的東西的那種滋味。

不及細想這一切，快步跑去水桶裏，用牙刷細細的清洗這塊寶物，急著洗，它有油垢有泥沙，可見是戴了多年的。我小心的洗，不要將它洗得太銀白，又不能帶髒，最後洗出了一塊帶著些微古斑灰銀的牌子。

然後找出了乾羊腸線，穿過去，掛在頸上，摸來摸去都不敢相信那是真的。

結婚當天下午，我用了它，頸上唯一的飾物。

許多年來，我掛著它，掛斷了兩次線，我的先生又去買了些小珠子和銅片，再穿了一次，成為今天照片裏的樣子。

一直帶著它天涯海角的走，它是所有首飾中最心愛的一個。將來死了，要傳給哪一個人呢？

25……刻進去的生命

有一年，我從歐洲回到台灣去，要去三個月，結果兩個月滿了母親就要趕我走，說留下丈夫一個人在遠方太寂寞了。

我先生沒有說他寂寞，當他再見我的時候。

小小的房子裏，做了好多格書架，一只細細木條編的鳥籠，許多新栽的盆景，洗得發亮的地，還有新鋪的屋頂，全是我回台後家裏多出來的東西。然後，發現了牆上的銅盤。

照片裏的銅盤放橫了。如果細細去找，可以發現上面有字，有人的名字，有潛水訓練班的名字，有船上的錨，有潛水用的蛙鞋，還有一條海豚。

這是去五金店買銅片，放在一邊。再去木材店買木材，在木板上用刀細心刻出凹凸的魚啦錨啦名字啦蛙鞋啦等等東西，成為一個模子。然後將銅片放在刻好的木塊上，輕輕敲打，輕輕的敲上幾千下，不能太重也不能太輕，浮塑便出來了，將銅片割成圓的，成了盤子。

我愛這兩塊牌子——一個不太說話的男人在盤子上訴盡了他的愛情，對海的還有對人的。

我猜，當我不在先生身邊的時候，他是寂寞的。

26 癡心石

許多年前，當我還是一個十三歲的少年時，看見街上有人因為要蓋房子而挖樹，很心疼那棵樹的死亡，就站在路邊呆呆的看。樹倒下的那一霎間，同時在觀望的人群發出了一陣歡呼，好似做了一件值得慶祝的事情一般。

樹太大了，不好整棵的運走，於是工地的人拿出了鋸子，把樹分解。就在那個時候，我鼓足勇氣，向人開口，很不好意思的問，可不可以把那個剩下的樹根送給我。那個主人笑看了我一眼，說：「只要妳拿得動，就拿去好了。」我說我拿不動，可是拖得動。

就在又拖又拉又掮又停的情形下，一個死愛面子又極羞澀的小女孩，當街穿過眾人的注視，把那個樹根弄到家裏去。

父母看見當時發育不良的我，拖回來那麼一個大樹根，不但沒有嘲笑和責備，反而幫忙清洗、曬乾，然後將它搬到我的睡房中去。

以後的很多年，我撿過許多奇奇怪怪的東西回家，父母並不嫌煩，反而特別看重那批不值錢但是對我有意義的東西。他們自我小時候，就無可奈何的接納了這一個女兒，這一個有時被親戚叫成「怪人」的孩子。

我的父母並不明白也不欣賞我的怪癖，可是他們包涵。我也並不想父母能夠瞭解我對於美這種主觀事物的看法，只要他們不干涉，我就心安。

許多年過去了，父女分別了二十年的一九八六年，我和父母之間，仍然很少一同欣賞同樣的事情，他們有他們的天地，我，埋首在中國書籍裏。我以為，父母仍是不瞭解我的——那也算了，只要彼此有愛，就不必再去重評他們。

就在前一個星期，小弟跟我說第二天的日子是假期，問我是不是跟了父母和小弟全家去海邊。聽見說的是海邊而不是公園，就高興的答應了。結果那天晚上又去看書，看到天亮才睡去。全家人在次日早晨等著我起床一直等到十一點，母親不得已叫醒我，又怕我不跟去會失望，又怕叫醒了我要喪失睡眠，總之，她很艱難。半醒了，只揮一下手，說：「不去。」就不理人翻身再睡，醒來發覺，父親留了條子，叮嚀我一個人也得吃飯。

父母不在家，我中午起床，奔回不遠處自己的小房子去打掃落花殘葉，弄到下午五點多鐘才再回父母家中去。

媽媽迎了上來，責我怎麼不吃中飯，我問爸爸在哪裏，媽媽說：「嗳，在陽台水池裏替妳洗東西呢。」我拉開紗門跑出去喊爸爸，他應了一聲，也不回頭，用一個刷子在刷什麼，刷得好用力的。過了一會兒，爸爸又在廚房裏找毛巾，說要擦乾什麼的，他要我去客廳等著，先不給看。一會兒，爸爸出來了，媽媽出來了，兩老手中捧著的就是照片裏的那兩塊石頭。

爸爸說：「妳看，我給妳的這一塊，上面不但有紋路，石頭頂上還有一抹淡紅，妳覺得怎麼樣？」媽媽說：「彎著腰好幾個鐘頭，丟丟揀揀，才得了一個石球，妳看它有多圓！」

我注視著這兩塊石頭，眼前立即看見年邁的父母彎著腰、佝著背，在海邊的大風裏辛苦翻石頭的畫面。

「妳不是以前喜歡畫石頭嗎？我們知道妳沒有時間去撿，就代妳去了，妳看看可不可以畫？」媽媽說著。我只是看著比我還要瘦的爸爸發呆又發呆。一時裏，我想罵他們太癡心，可是開不了口，只怕一講話聲音馬上哽住。

這兩塊最最樸素的石頭沒有任何顏色可以配得上它們，是父母在今生送給我最深最廣的禮物，我相信，父母的愛——一生一世的愛，都藏在這兩塊不說話的石頭裏給了我。父母和女兒之間，終於在這一霎間，在性靈上，做了一次最完整的結合。

我將那兩塊石頭放在客廳裏，跟在媽媽身後進了廚房，然後，三個人一起用飯，飯後爸爸看的「電視新聞」開始了，媽媽在打電話。我回到父母家也是屬於我的小房間裏去，赫然發現，父親將這兩塊石頭，就移放在我的一部書籍上，那套書，正是庚辰本《脂硯齋重評石頭記》。

27……結婚禮物

那時候，我們沒有房，沒有車，沒有床架，沒有衣櫃，沒有瓦斯，沒有家具，沒有水，沒有電，沒有吃的，沒有穿的，甚而沒有一件新娘的嫁衣和一朵鮮花。

而我們要結婚。

結婚被法院安排在下午六點鐘。白天的日子，我當日要嫁的荷西，也沒有請假，他照常上班。我特為來回走了好多次兩公里的路，多買了幾桶水，當心的放在浴缸裏存著——因為要慶祝。

為著來來回回的在沙漠中提水，那日累得不堪，在婚禮之前，竟然倒在蓆子上睡著了。

接近黃昏的時候，荷西敲門敲得好似打鼓一樣，我驚跳起來去開門，頭上還都是髮捲。沒有想到荷西手中捧著一個大紙盒，看見他那煥發又深情的眼睛，我就開始猜，猜盒子裏有什麼東西藏著，一面猜一面就上去搶，叫喊著：「是不是鮮花？」

這句話顯然刺傷了荷西，也使體貼的他因而自責，是一件明明辦不到的東西——在沙漠裏，而我竟然那麼俗氣的盼望著在婚禮上手中可以有一把花。

打開盒子來一看的時候，我的尖叫又尖叫，如同一個孩子一般喜悅了荷西的心。是一副完整的駱駝頭骨，說多嚇人有多嚇人，可是真心誠意的愛上了它，並不是作假去取悅那個新郎的。真的很喜歡、很喜歡這份禮物。荷西說，在沙漠裏都快走死、烤死了，才得來這副完全的，我放下頭骨，將手放在他肩上，給了他輕輕一吻。那一霎間，我們沒有想到一切的缺乏，我們只想到再過一小時，就要成為結髮夫妻，那種幸福的心情，使得兩個人同時眼眶發熱。

荷西在婚後的第六年離開了這個世界，走得突然，我們來不及告別。這樣也好，因為我們永遠不告別。

這副頭骨，就是死，也不給人的，就請它陪著我，在奔向彼岸的時候，一同去赴一個久等了的約會吧。

28 籠子裏的小丑

很多朋友看見我專收瓷臉做成的娃娃，總是不喜歡。他們說：「陰氣那麼重，看上去好似有靈魂躲在裏面一樣，根本不可愛，看了就是怕的感覺。」

真的，布臉娃娃是比較可親的，可是瓷臉人偶的那份靈氣，在布娃娃身上是找不到的。雖然我也覺得瓷臉人偶的表情甚而接近戲劇，那份怕的感覺我也有過聯想，可是偏偏去收集它們。一共有三十八個。

這一個瓷人精品，是一位女朋友忍痛割愛給我的，她是一位畫家，我們專愛這種尖銳美的面具、人形，放在房中小孩子來了都不肯近門，我知道孩子們不喜歡那種第六感。

瓷人放在台灣的家中很久，沒有一個角落配得上它，因為它太冷。我只好把它放在盒子裏了。

好幾年以後，去了一趟竹山，在那一家又一家藝品店中，看來看去都沒有合意的東西。雖然竹子不俗，可是竹子做出來的手工藝總是透著一點匠氣，是設計上的問題，和竹子本身無關的。

就在一個極不顯眼的角落裏，看見了一個朱紅的鳥籠，我立刻喜歡上了那份顏色和線條，也不還價，提了它就走。事實上，我不愛什麼動物，除了馬和流浪的野狗之外，其他的動物都不太喜歡，也只是個養植物的人。

回到台灣來的日子，總是擠著過，悠閒的生活在這兒沒有可能。在這兒，忍受被打擾的滋味就好似上了枷鎖的人一樣，只活在每天的記事簿上，就怕忘了哪天給了人什麼承諾。有一次拒絕了別人的要求，對方在電話裏很無禮的嘲諷了我幾句，啪一下掛了。

並沒有因此不快，偏偏靈感突然而來，翻出盒子裏的瓷人——那個小丑，拿出鳥籠，打開門，把這個「我」硬給塞進籠子裏去。姿勢是掙扎的，一半在籠內，一半在籠外。關進了小丑，心裏說不出有多麼暢快——教它替我去受罪。

「妳怎麼把人放在籠子裏呢？快快拿出來，看了怕死了。」我的一個朋友進了我家就喊起來。

我不拿。

「風水不好，難怪妳老是生病。」又說。

我還是不拿。

以後許多人問過我這小丑的事情，我對他們說：「難道——你，你的一生，就不是生活在籠子裏嗎？偶爾半個身子爬了出來，還算幸運的呢。」

心裏本來沒有感觸的人，聽了這句話，都會一愣，接著而來的表情，就露出了辛酸。

這樣偶爾的整人，成了我生活中一種不算惡意的玩笑。看了這張照片的——你，你在籠子裏的什麼地方呢？

29 小丁神父的女人

我的好朋友丁松青神父和我之間是無話不談的。我什麼都跟他講。在台灣，保存我秘密最多的人，大概就算他了。他是神父，我對他講話，算作告解的一種，他必須為我保密的。其實說來也不是什麼了不起的大事，不過一些紅塵心事而已。偶爾見面一次，講個夠，就再見。這一再見，可以三、五月不通消息，一年半載都不見了。

照片上的女人——裸女，是神父在《剎那時光》那本書中的生活背景下做出來的雕塑。那時，他——我喊他巴瑞，正在美國加州聖地牙哥大學念藝術。課堂中他必須要學雕塑和油畫。

等到巴瑞學成歸國——他的第二故鄉台灣時，我們見過一次面，他拿出許多作品的照片給我看，其中一座聖母瑪利亞的塑像被他做得純淨極了，我一直怪他不把實品帶回台灣來，巴瑞說那太重了，沒法子帶的啦。在那一大堆照片中，並沒有這座裸女。

那次我們在清泉見面不久，就輪到我去美國了，也是去加州。當然，特為去了一次聖地牙哥，去探望丁媽媽。

在那次探親的最後一天，丁媽媽說，孩子有信來，說有一件雕塑被指定送給了我，可以帶走。

我跟著丁媽媽走過一面一面掛滿了畫的牆，一直走到巴瑞的房間去，他的雕塑都放在一起。

「Echo，妳還是快把這個裸體女人拿走吧，人家來看了，知道是巴瑞做的，我就窘得不得了，真是難堪。」丁媽媽說這話時把雙手捧住臉，又在大窘。

我的小行李袋中裝不下這座塑像，丁媽媽找出了好大一個長形的尼龍背包，我們用舊布把她當心的包紮好，就由我右肩揹著去上飛機。

去機場時，是巴瑞的墨西哥朋友法蘭西斯用車來載我的。當他，看見我把那麼沉重的一個大袋子抱上車時，他立即問丁媽媽：「Echo拿去的是什麼？」丁媽媽平平淡淡的講：「巴瑞送給她一件雕塑。」

在那一秒鐘裏，法蘭西斯愣了一下，只這麼電光石火的一愣，我立刻感覺到了他的意外和吃驚，除了這些之外，我曉得他心裏很有些不自在。就那麼一下，我們突然有了距離。

我心裏想：這明明是巴瑞指定要送給我的，法蘭西斯你幹什麼不痛快呢？

丁媽媽和我幾乎也在同時，交換了一個眼神，媽媽真不含糊，她立即明白了法蘭西斯和我之間那種微妙的心理變化。我們三個笑笑的，裝成沒事一般。

沒幾個星期，我回到了台灣。塑像太重了，被留在朋友家。又過了沒兩個月，再度飛去美國，去了半年，重返台灣，塑像因為必須用手抱回來，當時我身體情況不好，抱不動她。

巴瑞好像有些失望，他只問了一次塑像的事，我答應他，第三次去美國時一定會跟回來的，我一直保證他。

有一天巴瑞突然打電話給我，說加州洛杉磯那邊有位美國神父來台灣，可以替我去朋友家拿塑像，一路抱過來。

我說：「那他怎麼過海關呢？一個神父抱了一個裸體女人進台灣他窘不窘？」

神父說沒有關係。我說不必。反正又要再去美國了，如果第三次赴美，還抱不動這個女人，那也別回來算了。很喜歡這個裸女，尤其是因為她沒有被法蘭西斯搶去，我就更愛她。

回到台灣時，那第三次的歸來——我迫不及待的打電話給巴瑞，告訴他：塑像終於來啦！一路都躺在我的膝蓋上給抱著的，只差沒給她繫上安全帶再加上買一張機票了。

一直擔心海關不給裸女進來，想，如果他們要說話，我就一口咬定是神父做的。

巴瑞由清泉來了台北，知道他要來，把一盞燈開了，照著神父的女人，等著他。

「你看——」我向進門的巴瑞大叫，快樂的指向他的作品，那一刻，真是說不出有多歡喜。

「哦！」神父應了一聲，鞋子也忘了脫，大步往他久別了的裸女走去。然後，兩個人一同蹲下身來看她，後來乾脆坐到地板上去了。

「我覺得，腰部微微扭曲的地方做得好，肩和脖子部分也不錯，就是左胸，差了一點點，你怎麼說？」我問巴瑞。

「做這個像的時候我都快窘死了，一直不敢細看那個模特兒，噯——」

「那你就去看呀！不看怎麼做？」我大奇。

「我就是不敢看她嘛！」神父變成了一個小孩子，口氣好無辜的。

「我老師說，你塑這個胸部的時候，要想，想，這是一個飽滿的乳房，裏面充滿了乳汁——」神父又說。

「當然要這麼想囉！不然你怎麼想？」我問。

「我——」

「怎麼——你講嘛！」我盯住巴瑞。

「我太羞了。」

「你是害羞的，可是那是藝術課呀——老兄！」

「我把那個胸部，看成了裝水的氣球。」

我說，小丁神父和我之間是無話不談的，可是有些事情，因為不是話說得明白的，我們就有分有寸的不談。神父被迫去做了一個裸女雕塑，他還是不想保留，將她交付了我。從那次以後，每當我在街上看見氣球的時候，想的偏偏是一個乳房，每想到這裏時，就算是一個人在街上走著，都會像瘋子一樣突然大笑起來。

註：這篇文章和照片，是經過神父同意才寫出來的，謝謝。

30 蜜月麻將牌

六、七年前，我已經是個孀居的婦人，住在迦納利群島上一個人生活。當時，並沒有回國定居的打算，而那幢荷西與我的小房子，在海邊的，被迫要出售掉；我急著四處看房子，好給自己搬家。

起初並不打算在同一個社區找房子的，既然已經是孤零零的一個人了，什麼地方都可以安身。再說海邊的土質總是不夠肥沃，加上冬季風大，院子裏要種些菜蔬或花果都得費上雙倍的氣力。我偏又酷愛種植，這個習性，是鄰居和朋友都知道的。

在我們那個溫暖的小鎮上，許多房地產的買賣都是依靠口傳的，只要咖啡館、菜場、郵局、銀行、雜貨店這些地方見人就談談，大家都會把這件事放在心上，有人賣，有人想買，並不看報上的小廣告，講來講去，消息就傳開了。

聽見我想賣房、再想買房，熱心的人真多，指指引引的看了好多家，都不滿意。

有一天，一個不認識的人在街上攔住我，叫我快去找中央銀行分行裏的一個叫做馬努埃的人，說他堂兄太太的哥哥，在島上美國學校附近的小山上給人代管一幢好房子。屋主原先是一對瑞士老夫婦，他們活到九十好多歲時，先後逝世了，現在老夫婦的兒子正由瑞士來，來處理父母的遺產。價格不貴，又有果樹和花草，是島上典型的老式西班牙民房，還有一口出水的井，也有滿架的葡萄……

那個人形容了好多好多房子的事情，我就請問他，是不是去看過了呢？他說：「我聽來的呀——找房子的是妳，所以轉述給妳聽嘛！」

我聽了立刻跑到銀行去找馬努埃。

那時正是西班牙房價的旺期，我付不出太貴的價格，心裏也是怪著急的。聽說是遺產，又是外國人的，就知道不會貴，「快售求現」可能是處理遺產的一種心理。

馬努埃給我畫了一張地圖又給了地址，我當時也沒打電話，開著車照著圖就去找了。

果然一幢美屋，白牆紅瓦，四周滿是果樹，那千萬朵洋海棠在門口成了一片花海，我緊張得口渴，一看就知道不是自己買得起的房子，可是還是想進去看看。

房主——那個兒子，只會講德文，我道明了來意，他很禮貌的請我進去，而我的車，因為停得太靠山路了，他就向我討了鑰匙再替我去把車泊好些。他一面走一面回頭喊：「裏面門開著，請您自便，先進去看吧！」

人和人之間，能夠做到這種信任和友愛的地步，我怎麼捨得放棄那個美麗之島呢。

我一個人靜悄悄的走過石磚鋪地的庭院，就走進去了。山上天涼，客廳裏一個如假包換的壁爐還生著柴火呢。

立即愛上了這幢曲曲折折的兩層樓大房子，雖然火光把人的影子在白牆上映得好大，寂寞的感覺太深，陰氣也濃了一些，可是如果價格合理，我情願搬過來，過下長門深鎖的殘生。

屋主進來了，又帶我去後園走了一走，後院一片斜坡，可以看見遠遠的天和海。

「妳一個人要來住？」他問。我點點頭。

「鄰居好遠的喔！」他又說。

我沉思了一下，又請求他讓我一個人再進房子裏去感受一下。去了，站在樓梯轉角往上望，上面靜靜的，可是老覺得有人在看我似的，那份凝固的靜止之中，有一種神秘的壓迫感躲在裏面。

那天，我沒有決定什麼，引誘人的果然是價格，還有那口張著深深的大眼睛照人倒影的老井。

又去了兩次，都請主人站在院子裏，我一個人進去再三感受房子自己的故事。

「不行，這個屋子裏有鬼！」和善的鬼，用著他們生前對這幢房子巨大的愛力，仍然佔住了它。他們沒有走，處處都感覺到他們的無所不在。

我，終於對主人抱歉再三的打擾，我說，這幢房子就一個女人來住，是太寂寞了。

那個主人一點也沒有失望，他很贊成我的看法，也認為一個人住山區是太靜了。

我們緊緊的握了一下手，就在道再見時，這個也已經七十多歲了的瑞士人突然叫我等一等。他跑到房中去，一會兒手上多了一個小盒子，重沉沉的，一看就是樟木，中國的。

「妳是中國人，打不打麻將？」

當他用德文發音講出「麻將」來時，我立刻明白了他要送我的東西必然是一副牌。

「不會打，一生也沒有看過幾次。」我誠實的說。

「無論如何，就送給妳了。」

我將那重重的一盒牌打開，抽屜裏面一副象牙面竹子背，手刻雕花的「精美神品」不知在蒙塵了多少歲月之後，又在陽光下再現。

「這太貴重了。」我吶吶的說。

「給妳了，不要再客氣。」

「那我——那我——」我緊緊的抱住盒子。

「這副牌，說來是有歷史的，那一年，七十多年以前吧，我的父母新婚，他們選了中國去度蜜月，坐船去的。後來旅途中母親懷上了我，前三、四個月裏害喜害得很厲害，父母到了上海，找到了一個猶太人的老朋友，就在中國住了好幾個月才回瑞士。在當時，為著打發時間，學會了中國的麻將，那位猶太人的夫人是一位中國女子——」

「那個猶太人是不是叫哈同？」我大叫起來。

「哈同？哈同？我不知道！反正這副麻將牌是他們送給我父母的紀念品。妳看，今天，它又回到一個中國人的手裏去了。」

這副牌，在七十多年之後，終於回到了中國的土地上來。我不會打麻將，也不可能去學。

夜深人靜的時候，我將它們一張一張拿出來用手把玩，想到它的前因後果，竟有些掛心，這副神品，有一天，會落到誰的手中去呢？

31……廣東來的老茶壺

最有趣的一趟短旅，最短的。星期六下午兩點一刻抵達香港，星期天下午就回台灣，那時在教書，星期一有課，我不願請假，也沒有必要特別去調課，回來就是了。

是香港廣播電台邀我去錄音的，我的答應去，裏面暗藏著私心——去了可以看見金庸夫婦還有倪匡。電台說，抵達的晚上要請客，要些什麼朋友乘此機會見見面呢？我不敢說他們請得到金庸，可是就算電台不請，正好自己跑去找查先生反倒容易些。他一定管我一場好飯。

金庸——查先生，是我生命中另一位恩重如山的人。這場結緣的經過，因為未得查先生同意，寫稿時夜已深了，不好打電話去吵擾，就此略過。讓我放在心靈的深處每日感恩就是。

話說電台邀我去做訪問，以為只是訪一場，覺得又有飛機坐、又有旅館招待、又有好酒好菜好朋友，真是值得去的。

沒有想到抵達機場，獻花完畢之後，以為可以直赴旅館休息打扮再工作，沒想到就在那半天，包括吃晚飯的時間在內，電台給我預排了結結實實六個不同單元的節目，叫我全上。

可怕的不是英文訪問，怕的是那個比法文還要難的廣東話。

飯局上和查先生夫婦、倪匡匆匆一見，就接著再做另外四場訪問。香港人工作起來好似搶人命，可是，做得真真扎實，包括「脫口秀」。

我原先只是打算去香港玩玩的，沒想到第一個下午到深夜，都沒給人喘口氣的機會。

第二天我起了個早，穿上牛仔褲就想溜到古董街上去。我下樓，交出鑰匙給旅館，提起背包正想開溜，兩個女記者不知什麼時候就像衛士一樣的把我夾在中間了。

「不行，一定不行，妳們不是香港電台的。只有一個早晨了，我去『行街』，請給我一點點自由。」說著說著就想哭出來了。最恨他人不給自由，而我，好似從來沒有去妨礙過任何人的自由過，這很不公平。

「只要一小時。」她們笑著笑著，看了也怪可憫的，因為那是一個星期天，她們可以休息的，卻為了我。

「一小時也不行，對不起。」說完我就跑。

她們擠進我的車子裏來，一個拿照相機，一個拿答錄機。我不講話，沉著臉。

就在那條古董街上，我走來走去看東西，身後就甩不掉這兩個為了工作的她們。

捉迷藏一樣很不好玩，看老東西不能分神，一分神，眼光就錯過了。眼看甩不掉這兩個女孩，我乾脆就在一家店門口的石階上坐了下來，剛點上一根煙，她們馬上來拍照。

我把煙往背後一藏，臉偏了過去，就在轉臉的那一恍惚裏，突然看見坐著的這家小店的店角架子下，放著一只漆黑漆黑被柴火燻飽了的大茶壺。眼光利，只看到把手就知道是一只好銅茶壺，只是蒙了灰。
我站起來往店裏去找主人，用廣東話問他那把茶壺賣不賣。他聽不懂我說什麼，我改口說華語，他也不懂，我就拉了他的袖子把他拉出店來。
我猜，逛古董店的人，一般是不會看上這種東西的，它，太平凡了，而我，不就正好配它嗎？
講起價格，老闆沉吟了一下。我猜這個壺是沒有人要的，他心裏看人討價。他看看我，那麼一副牛仔褲的裝扮，也許起了一些慈心，他說：「四十塊。」
四十塊港紙在當時才合兩百多塊台幣，我不買它還去買什麼古玉嗎？以我的身分，買這種價格的東西叫做「正好」。
那兩個記者突然被我接納了，我提著一把烏黑的大壺，就對著相機一直微笑。
「如果不是妳們追，我不會坐下來，如果不是妳們拍我抽煙，我不會轉過臉去，如果不轉身，這個茶壺就給它錯過了。多謝妳們，真的，好多謝呀——我們現在就坐在石階上開始錄音好不好？」我一口氣的說，全是廣東腔的華語。
那天黃昏，我回到了台灣，自己坐上中興號由桃園往台北開，想到海關先生吃了一驚的口吻——「這是什麼東西？好髒呀——」我禁不住笑了起來。
回家第一件事，就是買一瓶擦銅油。

32 阿富汗人哈敏妻子的項鍊

哈敏的小店擠在西雅圖的「Pike Place Market」裏面並不起眼。相信每一個去過西雅圖的旅客對於這一個必遊之地是一定會去的。

市場就在碼頭的對街，上百家各色各樣不同的攤位和商店擠在一起，逛上一天都不會厭。光憑著這個市場，西雅圖的可遊性就高出洛杉磯太多，比較起舊金山來，稍稍又少了些氣氛。這只是在我的主觀看法下，對於美國西岸的評價。

是一個冷雨淒風的下午，當天，我沒有課，功課也都做好了，沒有什麼事情可做，就又去了那個市場。

逛了好多年的攤子，一些小零小碎、不好不壞的首飾看了根本不會去亂買，除非是精品，不然重量不重質的收藏只有給自己找麻煩。

哈敏的小店是樓梯間擠出來的一個小角落，一些人錯過了它有可能，而我的一種直覺是不會使我漏掉的。店已經夠小了，六個「榻榻米」那麼大還做了一個有如我們中國北方人的「炕」一樣的東西。他呢，不是站著的，永遠盤坐在那個地方，上面掛了一批花花綠綠的衣服和絲巾。

我注意到哈敏的第一次，並不是為了那些衣服，當我走進他的店中去時，他不用英文，他說他自己的話「沙拉麻里古」來招呼客人。

這句話，如此的熟悉，在撒哈拉沙漠時，是每天見人都用的阿拉伯文問候語。我初次聽見在美國有人說出這樣的句子來，心裏產生了一絲說不出的柔情，笑望著他，也答了一句「沙拉麻里古」。在雙方的驚異之下，我們自然而然成了朋友。我常常去他的店裏坐著，有時，也幫忙女客人給試衣服。

哈敏的生意清淡，他專賣阿富汗和印度來的衣服和飾物，可是我卻看不上眼呢。我的去，純粹為著享受那份安靜的友誼。

他的話不多，問著，就答，不問，兩個人就坐著。

「哈敏，你的妻子呢？」「在阿富汗呀！」「有沒有小孩？」「都嫁啦！」「那你一個人在西雅圖做什麼呢？」「開店呀！」「那你太太呢？」「她不肯來。」「那你也不回去嗎？」「那邊打仗呢。」

哈敏不回國辦貨色，他向一個美國人去批，批自己國家的東西。

「哈敏你不積極！」「夠了！」「首飾不好看。」「那是妳挑剔呀！」「這樣不能賺錢。」「可以吃飽就好了啦！」

永遠是這種扯淡似的對話，我覺得哈敏活得有禪味。

後來，我要走了，我去看他，跟他說再見。做朋友的半年裏，沒有買過他任何一樣東西。

「嗳，要走了。」哈敏嘆了一口氣，根本沒有惋惜的意思，好似人的來去對他都是一種自然。

「要走了。我要走了。」我大聲些又講了一遍。

這個哈敏，才在最後的一刻，站了起來——他一向是坐在炕上的。他慢吞吞的打開被許多衣服塞滿的一個大鐵箱，用手到角落裏去掏，掏出了照片上那條項鍊來。

「你——這麼好的東西，為什麼早不給我看？」我瞪了他一眼，心裏想，無論什麼價格，都買下了。因為它太美了。

「妳以前又不走，何必看呢？」

「多少錢？」

「我太太的啦！」

「我問你多少錢嘛？」

「嘖，是我太太的啦！」

「那你要多少嘛？」

「妳說多少？是我太太的。」

「一百美金。」

「好啦！不要忘了它是我太太的。」

我們付錢、交貨，這才來了可能不屬於阿富汗式的告別擁抱。就這樣，哈敏太太的項鍊跟我結上了緣。

33……幸福的盤子

我的婆婆馬利亞，是個喜歡收集盤子的人，她的西班牙盤子並不是吃飯時用的，而是掛在牆上當裝飾的。婆婆的餐廳掛了四十幾個陶土盤，美麗極了。

在我婚後，也喜歡上了盤子。那幾年經濟情形一直不算好，可是在荷西和我的克勤克儉之下，第四年的婚後，就買下了一小幢有花園的平房。對於我們來說，那已算是奇蹟了。我們不貸款，一次付掉的。

有了房子，還是家徒四壁，牆上沒有什麼東西，因為所有的存款都付了房子，我們不做分期付款的事情。

買完新家之後，回了一次荷西出生的小城，西班牙南部安達露西亞行政區內的「哈恩」，我們買下了照片左方彩繪的陶盤，那是婚後第四年。牆上掛了孤單單的一個彩盤。

又過了一年，再買下了照片中右手的那一個青花陶盤。我們的家，有了一雙盤子。

再過了一年，第六年了，我單身飛去馬德里遠接父母，在街上看見一個有字的盤子，上面寫著：「這兒，是幸福的領地。」

詞句有些俗氣，可是想到自己的家的確是片幸福的領地，為什麼不買下它呢？就因此有了第三個掛盤。當三個盤子一同掛著的時候，我幻想：我們的家一年一個盤，到了牆上掛滿了四、五十個的時候，荷西和我當然已經老了，那時候，還是牽著手去散步，只不過走得緩慢些罷了。

我的盤子沒能等到第四個，就沒有再繼續下去，成了一個半殘的故事。

34……腓尼基人的寶瓶

當我結婚的那一年，我在撒哈拉沙漠裏只有幾件衣服加上一個枕頭套紮好的袋子之外，就什麼也沒有了。

後來，我的丈夫用木板做了一個書架和桌子、椅子，就算是一個家了。

有一回，荷西出差回到西班牙本土去，他說要回父母家中去搬一些屬於他的書籍來，又問我還要什麼東西，可以順便帶回來。

一想就想到了在他床角被丟放著的那個陶土寶瓶，請他帶到沙漠來。

聽見我什麼都不要，就指定了那個半殘的瓶子，荷西面有難色，沉吟了好一會兒不能答應我。

荷西家中兄弟姐妹一共八人，他排行第七。也就是說，在他上面除了父母之外，其他六個手足都可以管他——雖然他並不受管，可是總是有那麼一點點受限制的感覺。

「那個瓶子是大家的。」他吶吶的說。

「都丟在牆角，像垃圾一樣，根本沒人去理會它。」我說。

「可是萬一我去一拿，他們就會理啦！」

「那你把鋼琴搬來沙漠好了，媽媽講過，家裏人都不碰鋼琴了，只有Echo 去時才會彈一彈，她說鋼琴是給我們的。」

「妳要叫我把鋼琴運到沙漠來？」荷西大吃一驚。

「不是啦！要的是瓶子，你又不肯，那我就要鋼琴好了。」

「瓶子比鋼琴寶貴太多了，妳也知道——」

「是你大學時代海底撈出來的呀！不是為了可能算國寶，還是夜間才偷偷運上岸給藏著的嗎？」

「就是這樣嘛！他們不會給我們的。」

「可是放在家裏也沒有人珍惜它，不如給了我吧！我們也算是你的家人呀。」我苦苦的哀求著。

「怎麼去拿呢？」

「你根本不要講，拿衣服把它包好，就上飛機。等到他們發現東西不在了的時候，大概已經是兩、三年以後的事情了。」

「好，我去偷。」

「不要講得那麼可憐嘛！是你在加底斯海底打撈上來的東西，當然是屬於你的。」

沒過一個星期，這個瓶子就悄悄來了非洲。

我們開心得不得了，將它放在書架的頂端，兩個人靠著，細細的欣賞它。

這是一件由「腓尼基人」沉船裏打撈出來的半殘瓶子，以前，可能是用來裝稻米、麥子，或者是什麼豆類用的。

為了確定這個瓶子的年代，荷西曾經將它送到馬德里的「考古博物館」中去鑑定，鑑定的當時，擔心它會因為屬於國寶而沒收，結果那裏的人說，館內還有三、五個完整的，這只殘瓶才被拿了回來。鑑定之後說——確實是腓尼基人當時的物品。

我們一直帶著這個瓶子，由馬德里到沙漠，由沙漠到迦納利群島，這回才由迦納利群島帶回了台灣。

有趣的是，迦納利群島那個空屋，小偷進去了五次，都沒想到這個寶瓶。他們只偷電器用品，真是沒品味的小偷。

寫這篇文章時，我又查了一下有關「腓尼基人」的資料，據台灣「中華書局」《辭海》這本字典中所記載，照抄在下面：

「腓尼基」（Phoenicia）：古時敘利亞西境自黎巴嫩山西麓至地中海一帶地方之稱。初屬埃及，西元前十四世紀頃獨立，人民屬「閃族」。長於航海貿易，其殖民遍於地中海岸。其所通行之拼音文字，為今日歐洲各國文字之源。公元前九世紀以後，迭屬於亞述、巴比倫、波斯及馬其頓；至西元前六十四年，羅馬滅之，以其地為敘利亞省之一部。

我很寶愛這只得來不易的瓶子，曾有鄰居苦纏著叫我們賣給他，這是不可能的事。只要想到《辭海》中寫的那個「西元前十四世紀」、「西元前九世紀」、「西元前六十四年」，就知道曾經有多麼古老的歲月在它身上流過。何況它是我的丈夫親手打撈出來的。

看了這張圖片的讀者，請不必用「百合鑰」來盜我家的門，它不在家中，在一個秘密的大保險箱裏。倒是前一陣那次的大地震，很將我驚嚇了一次，怕這個古老的殘瓶被壓到磚塊下面不復尋得。

我想，以後還是把它交還給西班牙「考古博物館」中去吧。

35……滄桑

這個盒子是我在西柏林做一個窮學生時屋內唯一的裝飾。那一次，宿舍貼了海報，說有一趟去波蘭華沙的短日旅行，只要繳付五十塊馬克就可以參加。那時父親給我的生活費相當於兩百馬克，當然包括房租、伙食、車錢和學費。

五十馬克雖然不多，可是它佔去了我月支的四分之一。我咬咬牙，決心那個月只吃黑麵包，每個星期天吃一個白水煮蛋，那麼這筆旅費就出來了。

去了華沙，冰天雪地的，沒有法子下車盡情的去玩，就去了一家手工藝品店。同行的同學買了一些皮衣和紀念品，我的口袋裏實在羞澀，看了好一會兒，才選了一個木頭盒子，不貴的，背後寫著「產於波蘭」。

這盒子一直跟著我到結婚，也沒什麼用，就將它放著。有一天，荷西跟我去淘破爛，發現了一個外表已經腐爛了的音樂匣，裏面的小機器沒有壞，一轉小把柄就有音樂流出來。我們帶回了那個音樂盒，又放了三、五年。

有一年父母要從台灣去看荷西和我，我們儘可能將那個樸素的家美化起來迎接父母。同時，我將這一個買自波蘭的盒子拿出來，又將車房中丟著的破音樂匣也拿出來，要求荷西把音樂匣內的小機器移裝到波蘭盒子中去。

荷西是個雙手很靈巧的人，他將兩個盒子組合成了一個，為著盒底多了一個上發條的把柄，波蘭盒子不能平擺在桌上，於是鋸了三塊小木頭，將盒底墊高。

才黏了兩塊小木頭，荷西就突然去了，我是說，他死了。

那第三塊小木頭，是我在去年才給它黏上去的。一個普普通通的盒子，也經歷了好多年的滄桑，一直到現在，我都不敢去聽盒裏的音樂。它總是在唱，唱：「往事如煙。」

36 藥瓶

有一年，因為身體不好已經拖了快十一個月了，西班牙醫生看了好多個，總也找不出毛病，也止不住我的「情緒性大出血」。那一陣，只要又出血了，臉上就有些不自在，斜斜的躺在床上，聽見丈夫在廚房裏煮菜的聲音，我就恨自己恨得去打牆。可是丈夫不許我起床，就連要去客廳看電視，都是由他抱出去放在沙發上的，一步也不給走。

為了怕再拖累他，我決定飛回台灣進入「榮民總醫院」來檢查。那一年，丈夫正好失業在家，婚後我們從來沒有離開過那麼遠，而手邊的積蓄只夠買一個人的來回機票。為著丈夫不能一起來台灣——只為了經濟上的理由，上機前的那幾天，丈夫的眼角沒有乾過。

在榮總住院的時候，我的《撒哈拉的故事》正好再版，感謝這筆版稅，使我結清了醫院十二天的帳單有餘。我的性子硬，不肯求援於父母的。

醫院說我一切健康，婦人出血原因很多，可是那次徹查並沒有找到根源。等到我出院的時候，還是在出血，也就沒有辦法了。

那時候一位好心的親戚問我吃不吃中藥，我心裏掛念著孤單單又在失業的丈夫，哭著要趕回去，也沒心慢慢吃什麼中藥了。

父母還是將我送去了朱士宗醫師的診所，我也不管什麼出血不出血，就向朱伯伯講：我沒有時間吃藥，我要趕回西班牙去。

朱伯伯說：「中藥現在可以做成丸藥了，妳帶了回去服，不必要留在台灣的。」

我拿了藥丸後的第三天，就訂了機票，那時候丈夫的來信已經一大疊了，才一個多月。快信告訴他，要回去了，會有好大一包中藥丸帶著一同去，請丈夫安心。

等我回到那個荒涼的海邊小屋去時，丈夫預備好了的就是照片中的那只大瓶子，說是洗了煮了好多遍，等著裝小丸子呢。

那個青花瓶子，是以前西班牙老藥房中放草藥用的，一般市面上已經難求了。我問丈夫哪裏來的，他說是我的西班牙藥房聽說有「中國藥丸」會來，慷慨送給我們的，言下對中國藥十分尊重與敬仰。

說也奇怪，那流了快一整年的血，就在每天三次必服的六十顆丸藥的服治下，完全治癒了。謝謝朱伯伯。

37……日曆日曆掛在牆壁

它被掛在一間教堂的牆壁上。

也不懂為什麼，一間老教堂沒有望彌撒，卻被許多攤位佔滿了，全在做生意。賣的是南美秘魯古斯各高原上的特產。

古斯各是一個極美的老城，它的著名於世，跟那城附近的一個廢墟——「失落的迷城——馬丘畢丘」有著很大的關係。世界各地的遊客擠滿了這接近海拔三千公尺的高原。

那是一九八二年的一月，應該算是南半球的夏天，可是入夜時，還是凍得發抖。

就是每天晚上淋著雨、踏著泥，跟著攝影的米夏去看一眼這塊掛氈。它總是掛著，沒有人買去它。

「如果妳那麼愛，那麼愛它，就買下嘛！」米夏說。

我一直舉棋不定。

長長的旅途，一共要走十七個國家，整整半年。不只如此，是各國的每一個村鎮都得擠長途公車去跑的。在那種情形下，無論加添任何一樣小東西，都會成為旅途中的負擔，中南美洲那麼大，東買西買的怎麼成呢？

「妳買，我來替妳揹。」米夏友愛的說。那一天，我買下了一支笛子，後來送給司馬中原叔叔了。笛子又短又細，是好帶的。

就在那場雨季裏，我們乘坐的小飛機不能飛來載人，我日日夜夜的去看那塊掛氈，把它看成了另一種愛情。

米夏看我很可憐，一再的說他一定答應替我揹行李，可是他自己那套照相器材就要了他的命，我怎麼忍心再加重他的負擔呢？

賣掛氈的印地安人應該是屬於南美印加族的。他解釋說：這塊掛氈要用手工編織半年左右，其中的圖案，據說是一種印加人古老的日曆。

實在太愛那份色彩和圖案，終於，在一個大雨傾盆的夜晚，買下了它。

經過了萬水千山的旅途，這幅日曆掛氈跟著我一同回到了台灣。我是這樣的寶愛著它，愛到不忍私藏，將它，慎慎重重的送給了我心深處極為愛惜的一位朋友。這份禮物普通，這份友情，但願它更長、更深、更遠。畢竟——物，是次要的，人情，才是世上最最扎實的生之快悅。

38 我敬愛妳

我的女友但妮斯是一位希臘和瑞士的混血兒，她有著如同影星英格麗．褒曼一般高貴的臉型，而她卻老是在鬧窮。但妮斯的丈夫在非洲一處海上鑽油井工作，收入很高，她單身一人住在迦納利群島上，養了一群貴族狗，每天牽著到海邊去散步。雖然但妮斯的先生不能常常回家，可是但妮斯每天晚上總是開著她的跑車，開到島上南部夜總會林立的遊客勝地去過她的夜生活。

我之跟但妮斯交上了朋友並不全然出於一片真心，而是那一陣丈夫遠赴奈及利亞去工作，偶爾但妮斯在黃昏過來聊聊天，我也無可無不可的接受了。至於她的邀我上夜總會去釣男人那一套，是不可能參與的。

但妮斯的丈夫是個看上去紳士又君子的英國工程師，當他回家來時，會喊我去他們家吃吃晚飯，喝微量的白蘭地，談談彼此的見聞和經歷。我發覺但妮斯的丈夫非常有涵養，對於太太老抱怨錢不夠用的事情，總是包容又包容。愛她，倒不一定。苟安，也許是他的心理。

總之，在但妮斯開口向我借錢的時候，她的衣服、鞋子、首飾和那一群高貴的狗，都不是樸素的我所能相比的。

我沒有借給她，雖然她說連汽油錢都快沒有了。我叫她去賣首飾和狗。

那時候，突然發覺，但妮斯養了一個夜總會裏撿來的情人，他們兩個都酗酒。只要但妮斯的先生一回家，那個男人就消失了，等到先生這一去兩個月不回來，那個男人就來。

慢慢的，我就不跟她來往了。

有一個黃昏，但妮斯突然又來找我，看上去喝了很多酒。她進了客廳坐下來就哭，哭得聲嘶力竭，說那個男子騙走了她的一切，包括汽車都開走了，更別說那一件一件皮大衣了。總之她先生就要回來了，她無以解釋，連菜錢都沒有，她要去跳海了。

我只問了一句：「妳可改了吧？」

她拚命點頭，又說了一大堆先生不在，心靈極度空虛的那種話，看上去倒是真的。

「我丈夫也在非洲，我不空虛。」我說。

「妳強啊，我是弱者，沒有男人的日子，怎麼活下去？」她又哭起來。

我拿出支票簿，也不問她數目，開了一張可能範圍內的支票給她，她千恩萬謝的走了。

不多久，我聽說他們夫婦要回英國去離婚，我跑去找她，但妮斯沒有提到欠我的錢，只指著一排排高跟鞋說：「妳挑吧！」神情很不友善。

我怎麼會要她的鞋子呢。神經病！

就在這個時候，但妮斯的丈夫走出來了，神色平靜，顯然不知道我借錢給但妮斯的事。他手裏捲著兩塊羊皮卷，說：「這是我蒐集的兩塊羊皮，北非『茅烏里它尼亞人』古早時用天然色彩手繪出來的極美的藝術品，留下給妳了好嗎？」

展開來細細一看，我驚嚇得說不出話來。這個東西，我在巴黎羅浮宮裏看過類似的。

「你真的要給我？」我說。

「是妳的了，妳也許不知道，在但妮斯這些女朋友裏，我最敬的就是妳。」他說。

「敬我什麼？」我很吃驚。

「敬愛妳的一切，雖然我們沒有講過幾次話。請告訴妳的丈夫，他娶到的是一個好女人。」

我不知再說什麼，與這兩位即將離婚的夫婦握手告別。上車時，那兩塊古老的羊皮圖卷再被那位先生遞進窗口來，我重重的點了一下頭，只說：「謝謝！」就開車走了。

今生，我沒有再見過他們。

39……PEPA情人

那一年，因為聖誕節，丈夫和我飛回馬德里去探望公婆和手足。

過節的日子，總比平日吃得多，家中每一個女子都在喊：「要胖了，又要胖了，怎麼辦，再吃下去難看死了——」說歸說，吃還是不肯停的。我，當然也不例外。

丈夫聽見我常常叫，就說：「妳不要管嘛！愛吃就去吃，吃成個大胖子沒有人來愛妳，就由我一個人安心的來愛不是更好！」

我聽見這種話就討厭，他，幸災樂禍的。

有一年，丈夫去受更深的「深海潛水訓練」，去了十八天，回來說認識了一個女孩子，足足把那個女孩讚了兩整天，最後說了一句：「不知道哪個好福氣的男人把她娶去，噯——」

我含笑聽著聽著，心裏有了主意，我誠心誠意的跟丈夫講：「如果你那麼讚賞她，又一同出去了好幾次，為什麼放棄她呢？我可以回台灣去住一陣，如果你們好起來了，我就不回來，如果沒好多久就散了，只要你一封電報，我就飛回你身邊來，你說好不好？」

那一次他真正生氣了，說我要放棄他。我也氣了，氣他不明白只要他愛的人，我也可以去愛的道理。

聖誕節了，丈夫居然叫我吃胖吃胖，好獨佔一個大胖子，我覺得他的心態很自私。

就在丈夫鼓勵我做胖子的那幾天，我偷偷買下了一個好胖的陶繪婦人，送給他做禮物。

當他打開盒子看見了名叫PEPA的女人時，我打了一下他的頭，向他喊：「滿意了吧？一個胖太太加一個胖情人。」

後來，包括鄰居的小孩到家裏來玩的時候，都知道那是荷西的「情人」，是要特別尊敬的，不可以碰破她那胖胖的身軀。因為小孩子知道，這位情人，是我也愛著的。

40……夢幻騎士

「夢幻騎士」是我的英雄——唐．吉訶德。

我得到這個木刻，在一個偶然的機緣裏。

有一次不當心，將唐．吉訶德手中那支矛弄斷了，這更像一個剛剛打完仗的他。

去年在竹東深山裏的清泉。小丁神父將彼德．奧圖和蘇菲亞．羅蘭主演的這張名片放給我看時，我一直沒有受到如同書本中的那種感動，直到那首歌〈未可及的夢〉慢慢唱出來的時刻，這才熱淚奔流起來。

既然唐．吉訶德象徵了一種浪漫的騎士精神，身為半個西班牙魂的我，是應該擁有一個他的。

41……來生再見

親愛的江師母，妳的靈魂現在是不是正在我的身邊，告訴我：「夜深了，三毛不要再熬夜，師母是癌症過去的，妳前兩年也得過這個病，不要再累了，快去睡覺，身體要緊。而妳脖子上腫出來的硬塊，怎麼還不去看醫生？師母憂急妳的健康，妳為什麼卻在深夜裏動筆在寫我，快快去睡吧——」

我看著這張玉墜子和桃源石的印章照片，心裏湧出來的卻是妳漫無邊際對我的愛以及我對妳的懷念。一年五個月已經過去了，師母，妳以為我忘記了妳嗎？

初識師母是在東海大學一場演講的事後，校方招待晚飯，快結束的時候，妳由丈夫——東海大學文學院院長江舉謙先生引著進入了餐廳，妳走上來拉住我的手，說是我的讀者。

那一刻，我被妳其淡如菊的氣質和美麗震住了，呆呆的盯住妳凝望，不知說什麼才是。

也許是前世的緣分未了，自從我們相識之後，發覺兩人有著太多相似的地方，從剪裁衣服、煮菜、愛穿長裙子、愛美術、喜歡熬夜、酷愛讀書，到逛夜市、吃日本菜、養花、種菜，甚而偶發的童心大發跑去看人開標賣玉，都是相同的。

我雖然口中叫妳師母，其實心裏相處得如同姐妹，我們一個在國外或台北，一個在台中的東海校園，可是只要想念，就會跑來跑去的儘可能一同像孩子般的玩耍。妳的衣服分給我穿，妳的玉石和印章，慷慨的送給我。只要我去台中，我們必然夜談到天亮，不管老師在臥室裏一遍又一遍叫喊著：「去睡啦！不要再講話啦——」我們還是不理他。等他睡著了，兩個人一人一杯烏梅酒喝喝談談，不到天亮不肯去睡。

只要我去了台中，我們必去妳的故鄉竹山找三姨，我跟著妳的孩子叫三姨，那個跟我差不多大的姨，被我叫成了親戚。

師母，妳喜歡看我打扮，也喜歡看見我快樂，無論什麼心事，除了對小丁神父，我就只對妳一個人說。如果不能見面，我們來來往往的書信就跑壞了郵差先生，在國外，只要我不寫信，妳就每天在郵差抵達的時刻不停的張望。

我們看來是完全不同的外型，妳的美，蘊含著近乎日本女子的賢淑與溫柔，我的身上，看見的只是牛仔裙上的風塵。可是我們的靈魂以及對生命的熱愛卻是呼應不息的。

去年的春天，老師一個電話將我急出了眼淚，老師說妳頭痛痛昏了過去，被救護車送到台大醫院來。我匆匆的趕了去，妳的神志還算清楚，只對我說：「師母前五年開過癌症以後沒有肯聽醫生的話每三個月做一次追蹤檢查。妳千萬不能大意，什麼事都可以放下，醫生一定要去看的，我知道妳沒有去，妳是聽話不聽話？」

那日我看妳神情和臉色還是不差，心裏騙著自己：妳的頭痛只是一時的，不會有大事。可是老師在病房外抱著我痛哭的當時，我猜妳的癌細胞已經到了腦子。

那時候我工作忙碌到幾近崩潰的邊緣，可是我每天跑一次台大醫院去握住妳的手。妳拉著我胡言亂語起來，不肯起床吃東西。我試著餵妳，哄妳，妳將身子背過去不看我，說病人不好看。那天清晨，妳突然昏迷了，我趕去時，手術房裏開腦的手術剛剛結束。而前一天，妳那麼愛美的人，不怕開刀，只說沒有了頭髮叫我替妳去找一頂假髮。我含著淚與妳笑談假髮的樣子，然後跑出病房外面擦去眼淚。

那麼多深愛妳的人在外面守護著開過刀的妳，加護病房沒有人可以進去，我偷穿了一件藍色的制服——工作人員脫下來的，混到加護病室一個床一個床的去找妳。妳清醒了，喊了一聲「三毛」，我將手指張開，問妳能不能數，妳說是「五」，我又不知為何流下了眼淚。

那時候，我手邊三本書一起要出版，加上母親也在榮總同時開刀，而我又在這種水深火熱的時候正在整理剪裁丁神父的那本《剎那時光》，同時，滾石唱片公司的一張唱片歌詞也已經開始修改。在這麼重的工作裏，我壓積著對母親和對師母妳的病況，幾乎日日夜夜含著淚在工作的空檔裏分秒必爭，在榮總和台大醫院兩個地方來回奔跑。

那時候，母親康復出院了，師母妳，卻發覺肺部也有癌細胞和腫瘤。我一日一日的進出醫院，總是笑著進去看妳、抱妳，出來時在電梯裏痛哭。

我問護士小姐開肺的人事後麻醉過了痛不痛苦，護士誠實的告訴我：那是一個大男人也要痛得狂叫的。我又因為不能代妳去痛而湧出了眼淚。

十天之後，妳開腦再開肺，那個醫院，好似再也走不出來。回想到因為我個人的忙碌，在妳前幾年健康情形尚好的時候，無法分出過多的時間給妳而自責甚深。因為我知道妳是那麼渴望的與我相處，而我不是不願而是不能。

開肺以後的一天，師母妳突然跟我講起蔣勳，那時他正去東海做了美術系主任，妳說：「蔣勳是一個懂得美的人。」我欣喜妳放開了數月與病的掙扎，說出了這樣如同我們過去的談話形式來，我以為妳可能就此慢慢康復，而當時的我，卻因工作和心理，裏外相熬，已在精神崩潰的邊緣。

有一陣，快二十天吧，我病倒了下來，不能睡、無法吃、止不住的痛哭、記憶力已喪失到無法找到自己回家的路。在那種情況下，我的病引出了父親、母親的焦慮，而我，除了喊累之外，就是不能控制的大哭和想自殺。

清清楚楚的記得，那天師母妳的孩子惠民打電話來，說師母妳已昏迷，不能救了。

我撐著身子坐計程車去看妳，妳的手上還在打點滴，可是眼睛閉著，我輕輕的將臉貼在妳的臉上，我的淚流在妳的頰上，我喊妳：「師母、師母。」妳不回答我。護士小姐進來請我離開，我捨不得走，我抱著妳，妳沒有動靜，我跟妳說：「師母，妳怪過我這幾天的不來看妳吧？妳一定在傷心我的不來，現在我來了，妳為什麼不理我？」

護士小姐強迫我走開，我再度親親妳那依舊美麗的臉孔，哽著聲音，向妳說：「那麼我們暫別了，師母，我的好朋友，這一條路，誰陪妳去呢？」

出了病房，我坐在台大醫院邊門的石階上埋頭痛哭，想到妳跟我那份不可解的友情，我實在是捨不下妳那麼孤孤單單的上路。

那個黃昏，我上車，計程車司機問我去什麼地方，我發覺我的腦中又是一片空白，我不能記得父母家住在哪條街、哪條巷子。我在車中坐著流淚，講不出要去的地名。我下車，在街上走了很久很久，發覺自己的身體好似被一個靈魂附住了似的痛苦難當，我眼睛開始看不清東西。我靠住一個電線杆嘔吐，那時候，我記起了自己獨住的家在什麼地方，我喊了車子帶我回去。在那份無以名之的痛苦之夜裏，我的視力越來越朦朧，我一直全身發抖和抽筋。我等到天剛亮，掙扎著打電話去光啟社給丁松筠神父，說我病了，不要告訴我大病初癒的媽媽，不要大醫院，請神父快給我找一個醫生，因為我支持不下去了。

當我在那天終於因為精神極度衰弱而住進了醫院的當時，正是師母妳臨終的時刻。我突然明白了死的滋味，因著我們在心靈上太相近太相親，妳瀕死的掙扎，如同電波一般的彈入我的身體。我也幾乎在那時死去。

妳的火化，我沒能去。妳在台中的告別式，我不能有體力去參加。躺在病房裏，我不肯講話，只在催眠藥的作用下不安的翻去又醒來。我的去年，真真實實與妳一同走過死蔭的幽谷，而我康復了，妳，師母，妳卻永遠的走了。

照片中的一塊玉石，一抹血紅的印章，是師母妳留在世界上給我的紀念，睹物思人，還是覺得這不過是一場夢。妳的走，到現在也不能被我所接受。我常常會等待，等待妳在我的夢中出現，可是妳不來。師母，現在的妳是不是在我身邊？如果妳正在摸摸我的頭髮，我怎麼沒有感覺？我們的緣，來生再續下去，妳必然願意的，正如我心渴望的一般，我們來生再相見了，能嗎？能嗎？請妳回答我啊——

這篇文章，送給知我、愛我、疼我、惜我的江師母——楊淑惠女士。

42……第一個彩陶

在我第一次離家時，行李都不懂得怎麼準備，更不敢帶任何一樣屬於自己的心愛物。就只記得，手上那只錶，還是進初中時父親買給我的一只舊錶，至於衣服，全是母親給打點的。那時候，為了怕出國衣物不夠，母親替我足足添滿了一大箱四季衣裳才含淚與我揮別。

四年半之後，我第一次回鄉。當時，開門的小弟已經由一個初中生變成大學生了，我完全不能把他那高大的形象和那個光頭初三學生聯想在一起。家，是有一點陌生了。

父親以為我的歸來，必定帶了許多新衣服，他為我預備了好多衣架和一個全空的衣櫃等著我。

當我將三、四件衣服掛好的時候，母親發現那都是四年前帶去的舊衣，空空的行李包中根本沒有一件新的東西，連舊的，都給丟了一大半才回來。

那天夜裏，在家中晚飯的時候，看見滿桌的菜，一時裏百感交織，放下筷子，喊了一句：「原來你們吃得那麼好——」然後埋首便哭。

爸爸、媽媽一下子就懂得了我的心情，急著說：「不哭、不哭！在外面生活一定太節省太苦了。可憐可憐！才那幾件舊衣服帶回來，妳在外節省成那個樣子，為什麼不告訴父母呢？我們也不知道外國生活那麼高呀——」

那一次，我在台灣住了不到一年，又走了。

第二次的離家，箱子很輕，帶去的錢，比第一次出國多了一點點。因為我自己賺的不多，又不肯拖累父母，但是略略請父母在經濟上幫了我一下。也不打算用錢的，只為了一份安全感，將錢存入了銀行。

那第二次再去西班牙，我沒有去住宿舍。看報紙，跟三個西班牙女孩合租了一幢極小的公寓，兩個人一間。找到了一個工作，在一間小學裏教英文，收入只有四千台幣左右，因為英文課一週才只有四小時。

就用這相當於四千塊台幣的金錢，付房租、買伙食、補皮鞋，偶爾還可以買一件減價的衣服。

那時候，我以前的男朋友荷西又出現了。當他來過我的公寓，發覺除了一張全家人的照片被我貼在床邊之外，什麼裝飾品都沒有時，他看上去有些難過，也不說什麼。

那時候他兵役剛剛服完，也是一貧如洗。

有一日荷西跟著姐姐回到故鄉去，離開了馬德里三天，他叫我也跟去，我因經濟環境實在拮据，不肯動一下，怕一動了，又得花錢。

就在荷西旅行回來的那個晚上，他急匆匆的趕來看我，遞給我一個小包裹，打開來一看，就是照片中的那個陶土瓶子——可以用它來放髮夾和橡皮筋。

好驕傲的把它放在床邊的小櫃子上，成了我在國外生活中第一個裝飾品。

一直很愛它，紀念性太高，捨不得將它給人，就一直跟著我了。

43 第一張床罩

結婚的時候，床墊子是放在水泥地上的，為了床架太貴，就只有睡在地上。

那時候，我只有一床床單，好在沙漠的太陽又熱又永恆，洗的床單，曬在天台上一下子就乾了，可以晚上再用。

沙漠風沙大，那個床，沒有罩子，晚上睡前總得把床單用手刷了又刷，才沒有睡在沙地上的感覺。

結婚三個月以後，存了一些錢，我開始去逛回教人的小店——看他們的掛氈，手織的。挑了好久好久，都不滿意那太多鮮紅色的配色，直到有一天，在一位沙漠朋友的家裏，突然看見了照片上這一幅氈子。我跟朋友一面喝茶、一面算計著他的寶貝。他說那是祖母時代的陪嫁，只有客人來了才拿出來的。

那頓茶，得喝三道，第三道喝完，就是客人告辭的時候了。

我故意不去碰杯子，人家只有讓我慢慢的喝，那第三道茶，就倒不出來了。

最後我說，要買那個氈子。主人聽了大吃一驚。

我很壞，用金錢去引誘這家人。講出了普通店鋪內五倍的價格，就稱謝而去。

對於這種事情，是不跟先生商量的，他根本隨我，就算講了，也不過答個「好」字罷了。我的先生對金錢不很看重，反正領了薪水，往我面前用力一丟，大喊一聲：「哈！」就算了。

出了一個好價格，我就不再去那位朋友家死纏了。這是一種心理戰術，不教對方看出來我實在渴想要這件東西。

沒過了半個月，那個朋友的太太，蒙著面紗，在我家門口走來又走去，走來又走去，我站在窗口對她微笑，一句也不說她家那條氈子的話。

為了抵擋不住那個價格的引誘，在月底不到，而朋友家的錢都花光了的情形下，這條氈子在一個月黑風高的晚上，被那家的女人摸著黑，給送來了。我笑嘻嘻的收下了等於是全新的氈子，數了幾張大鈔給她。

「從明天開始，只可以吃駱駝肉。」我對先生說。他講：「妳不去軍中福利社買牛肉、蔬菜了？」我笑著將他拉去臥室，床上鋪著的是那麼美麗的一個床罩。我說：「你就吃氈子好囉。這個東西，在精神上是很好吃的喔！」

44……第一串玫瑰唸珠

西班牙是一個天主教國家，雖然人民擁有信仰的自由，可是世代家傳，幾乎百姓都是天主教。我本身雖然出自基督教的家庭，可是跟天主教一向很親近，也是看佛經的人，並不反對天下任何以「愛」為中心的任何宗教。

在西班牙的家庭裏，每一個已婚婦人，百分之九十以上，都在床上的牆壁掛上一大串玫瑰經的唸珠。

當我也結了婚以後，很喜歡也有一串那麼大的唸珠，把它掛在牆上，一如每一個普通的家庭。

可是我們住在以回教為主的沙漠裏，這串唸珠不好找。

等到我們夫婦回到馬德里公婆家去時，我每天幫婆婆鋪她和公公的床，總是看見那麼一大串珠子掛在牆上。

公公是一位極為虔誠的天主教徒，每天晚餐過後就會聚集在家的人，由他，手中拿著一串小型的玫瑰唸珠，叫大家跟著誦唱。

我的丈夫總是在公公開始唸經之前逃走。我因為飯後必須洗碗以及清洗廚房的地，等我差不多弄好了家事時，婆婆就會來叫我，說家中的小孩都跑掉了，叫我去陪公公唸經。

結婚以前，我所居住過的天主教修院宿舍也是要唸經的，那是自由參加，不會勉強人。不但如此，在宿舍中每飯必要有一個同學出來帶領祈禱謝飯。那時候，唸經，我一次也不參加，可是祈禱是輪流的，就不好逃。

每一次輪到我在大庭廣眾之下祈禱時，我總是畫一個十字架，口中大聲喊著：「聖父、聖子、聖靈——阿門。」就算結束。

而我公公的祈禱是很長很長的，他先為祖宗們祈禱，然後每一個家人，然後國家元首、部長、鬥牛士——只有他喜歡的那幾個，一直要祈禱到街上的警察們，才算完畢。

完畢之後，他開始數著唸珠，這才開始他的夜課——唸經。

公公唸經的時候，我已經累得眼睛都快打竹籬笆了，靠在婆婆肩上，有一句沒一句的跟著，所謂「小和尚唸經，有口無心」。因此學了好多次，都不會。

只要回到公婆家去，每一次出門我都請示婆婆，除非她同意，不然我就不好意思出去。

婆婆常常講：「為什麼又要出去呢？」

她不明白，先生和我在沙漠中住久了，一旦回到繁華的大都市來，玩心總是比較重些，況且我們還想趁著在度假，買些日用品回沙漠去。

就是有一天下午，又想跑到街上去玩，我不好講，推著先生去跟婆婆講。先生不肯去，他說要出去就乾脆「通知」一聲，都那麼大了，請示是不必的，因為「凡請必拒」。

好了，只好由我去通知。

站在婆婆面前，說要出去玩，而且不回家吃晚飯，要晚上十一點才回去。

「那麼多鐘頭在街上不凍死了？早點回來好了，還是回來吃晚飯吧！」婆婆說。

我看見公公在一旁看報，靈機一動，趕快講：「爸爸，我們上街去找一串好大的橄欖木唸珠，要找好久、好久的，你放我們去好不好嘛？」

公公聽說要去買的是這件東西，好高興的含笑催我走。

那一個下午，先生和我跑去逛街、買衣服、買皮鞋、看電影、吃小館子，然後才去買下了一串唸珠——好容易買到的東西，這才開開心心的坐地下車回去。

以後，那串唸珠一直被我掛來掛去的，現在它正掛在台灣的家中。每見到它，往日歡樂的情懷就在記憶中浮現。我也祈禱，感謝天主給了我這麼豐富的人生之旅和一段完整的愛情。

45 第一條項鍊

在我出國的時候，母親給過我一條細細的金鍊子，下面掛了一個小小的「福」字，算作保護和祝福女兒的紀念品。

我個人喜歡比較粗獷的飾物，對於那條細鍊子，只是因為情感的因素將它當心的包紮起來，平日是不掛的。所以它成了母愛的代名詞，不算我自己所要的項鍊。

照片中這一串經常被我所掛的首飾，是結婚當天，被一個沙漠婦人送到家裏來賣給我的。這個故事曾經刊在《俏》雜誌上，在此不再重複。想再說一遍的是：首飾送來時只有中間那一塊銀子，其他的部分，是先生用腳踏車的零件為我裝飾的。至於那兩顆琉璃珠子是沙漠小店中去配來的。

我將這條項鍊當成了生命中的一部分，尤其在先生過世之後，幾乎每天掛著它。

這個故事因而有了續篇。

在一個深夜裏，大約十一點鐘吧，胡茵夢跑來找我，說有一個通靈的異人——石朝霖教授，正在一位朋友的家裏談些超心理的話語，叫我一起去。因為石教授住在台中，來一次台北並不簡單，要見到他很難的。

當茵茵和我趕去那位朋友家時，那個客廳已經擠滿了大批的人群，我們只有擠在一角，就在地板上坐了下來。當然，在那種場合，根本談不上介紹了，因為人太多。

石教授所講的不是怪力亂神的話語。他在講「宇宙和磁場」。

等到石教授講完了話之後，在座的朋友紛紛將自己身上佩戴的古玉或新玉傳了上去，請石教授看看那件東西掛了對身心有什麼作用，因為涉及到磁場問題。

有些人的佩件遞上去，石教授極謙虛的摸了一摸，很平淡的講：「很純淨，可以掛。」有些陪葬的古玉被石教授摸過，他也是輕描淡寫的說：「不要再掛了。」並不是很誇張的語氣。

當時，我坐在很遠的地板上，我解下了身上這條項鍊，請人傳上去給石教授。

當他拿到這塊銀牌子時，沒有立即說話，又將反面也看了一下，說：「很古老的東西了。」我想，不過兩百年吧，不算老。比起家中那個西元前十四世紀的腓尼基人寶瓶，它實在算不上老。

我等著石教授再說什麼，他拿著那條項鍊的神色，突然有著一種極微妙的變化，好似有一絲悲憫由他心中掠過，而我，很直接的看進了他那善良的心去，這只是一剎那的事情而已。

大家都在等石教授講話，他說：「這條項鍊不好說。」我講：「石教授，請你明講，沒有關係的。」

他沉吟了一會兒，才對我講：「妳是個天生通靈的人，就像個強力天線一樣，身體情形太單薄，還是不要弄那些事情了。」

當時，石教授絕對不認識我的，在場數十個人，他就挑我出來講。我拚命點頭，說絕對不會刻意去通靈。那這才講了項鍊。

石教授說：「這串項鍊裏面，鎖進了太多的眼淚，裏面凝聚著一個愛情故事，對不對？」我重重一點頭，就將身子趴到膝蓋上去。

散會的時候，石教授問茵茵：「妳的朋友是誰？」茵茵說：「是三毛呀！那個寫故事的人嘛！」

石教授表明他以前沒有聽過我。

那條被他說中了的項鍊，被我擱下了兩、三年，在倒呑眼淚的那幾年裏，就沒有再去看它。

這一年，又開始戴了。我想，因為心情不再相同，這條項鍊的磁場必然會改變，因我正在開開心心的愛著它，帶著往日快樂的回憶好好的活下去。

46……第一次做小學生

這是一本西班牙《學生手冊》，由小學一年級註冊開始就跟著小孩子一起長大，手冊要填到高中畢業才算完結。大學，就不包括在內了。

先生過世的第一年，我回到公婆家去小住，那只是五、六天而已。在那五、六天裏，我什麼地方都不肯去，只要在家，就是翻出荷西小時候的照片來看，總也看不厭的把他由小看到大。

公公婆婆看我翻照片就緊張，怕我將它們偷走。我對婆婆說：「既然你們又不看，就請給了我吧，等我拿去翻拍了，再將原照還給你們好不好？」

公婆不肯，怕我說話不算數。那幾天，照片被看管得很牢，我一點辦法也沒有。到了晚上，公婆睡了，我就打開櫃子，拿出來再看。

那份依戀之情，很苦，又不好說。

就在我整理行裝要由馬德里去迦納利群島的那一個黃昏，先生的二哥夏米葉偷偷跑到我房間來，悄悄的從毛衣裏面掏出一本冊子往我箱子裏面塞。

我問他是什麼東西，他趕快「噓」了我一聲，說：「不要再問了，媽媽就在廚房，妳收了就是，去迦納利島才看，快呀——不然偷不成了。」

我也很緊張，趕快把箱子扣好，不動聲色的去廚房幫忙。

回到迦納利群島，鄰居、朋友們熱情的跑來見我，那時我正在經過「流淚谷」，見了人眼睛就是溼的。後來，乾脆不開門，省得又聽那些並不能安慰人的話。

熱鬧了快一個星期，朋友們才放了我。

就在深夜的孤燈下，我拿出了二哥偷給我的手冊。一翻開來，一個好可愛、好可愛的小男孩的登記照被貼在第一頁，寫著「荷西．馬利安．葛羅——小學一年級」。

我慢慢的翻閱這本成績簿，將一個小學生看到高三——我認識荷西的那一年。

再去看他小時候的成績，每一次考試都寫著——「不及格、不及格、不及格……」然後再去看補考。好，及格了、及格了、及格了。

我的先生和我，在他生前很少講到學業成績這種話題，因為荷西非常能幹，常識也夠豐富，我不會發神經去問他考試考幾分的。

看見他小時候那麼多個不及格，眼前浮現的是一個頑皮的好孩子，正為了那個補考，愁得在啃鉛筆。

在我初二休學前那一、兩年，我也是個六、七科都不及格的小孩子。

想到這兩個不及格的小孩子後來的路，心中感到十分歡喜和欣慰——真是絕配。

47……第一個奴隸

讀者一定會感到奇怪，照片中明明是一個雙面鼓，怎麼把它混錯了，寫成了一個人呢。鼓的由來是這樣的：

有一回先生和我以及另外幾個朋友，開了車遠離沙漠的小城——阿雍，跑到兩、三百里外的荒野裏去露營。

沙漠的風景並不單調，一樣有高山、沙丘、綠洲、深谷。在這些景色裏，唯一相同的東西就是成千上兆的沙子。

我們每回出遊，必然在行李中放些吃不死人的普通藥品和麵粉、白糖這些東西。這並不為了自己，而是事先為了途中可能經過的沙漠居民而備的——因為他們需要。

就在我們紮營起火的那個黃昏，一個撒哈拉威人不知由哪裏冒出來的，站在火光的圈圈之外凝視著我們。與我們同去的西班牙女友很沒見識，荒野裏看到阿拉伯人就尖叫起來了。

為了表示我們並沒有排斥這個陌生人的來臨，我打了一下那個張大了眼睛還叫個不停的黛娥一下，丟了鍋子快速的向來人迎了上去。那時候荷西也跟上來了，拉著我的手。

那個撒哈拉威人不會說太完整的西班牙話，我們講單字，也講懂了——他想要一些我們吃剩的東西。

知道了來意，我趕快拉他去汽車後車廂給他看，指著一袋麵粉和一小袋白糖及藥品，說都是給他的。可——是，因為步行太累了，第二日早晨我們拔營之後可以開車替他送去，請這個撒哈拉威人先回去吧，明早再來。

第二天早晨，才起來呢，那個昨日來過的人像隻鷹似的蹲在一塊大石頭上。

先生和我拔了營就要跟去那個人的家——當然是一個帳篷。一般城外的人都那麼住的。女友黛娥死也不肯去，我們不敢在大漠裏把兩輛車分開——因為那太危險，就強迫黛娥和她的先生非去不可。他們也不敢跟我們分開，勉強跟去了。

那個撒哈拉威人說是住得並不遠，車子開了好久好久才看到一個孤零零的帳篷立在沙地上。我心裏很同情這位步行來的人，他必然在太陽上升以前就開始往我們走來了。

「那麼遠，你昨天怎麼知道有人來了？」我問他。「我就是知道啦！」他說。我猜他是看煙塵的。沙漠人有他們過人的靈敏和直覺，畢竟這片土地是他們的。

到了那個千瘡百補的大帳篷時，女人都羞得立即蒙上了臉，小孩子有三、四個，我一近他們，他們就嘩一下又叫又笑的逃開，我一靜，他們又聚上來。實在是不懂，這一家人——就只一家人，住在這荒郊野地裏做什麼？

當時，西屬撒哈拉的原住民族，是可以拿補助的。每一個家庭，如果沒有工作，西班牙政府補助他們九千元西幣，在當時相當於四千台幣左右。用這份補助，買水、麵粉是足夠了，至於要吃什麼肉，只好殺自己的羊或駱駝了。

我們去的那個帳篷沒有駱駝，只有一小群瘦極了的羊，半死不活的呆站著。

去了帳篷，我們搬下了白糖和麵粉、藥。而那時候，一個穿著袍子的黑人正開始起火——用拾來的乾樹枝，起火燒茶待客。他們有一個汽油桶裝的水，很當心的拿了一杓出來。

喝茶時，荷西和我的眼圈上立刻被叮滿了金頭大蒼蠅。黛娥用草帽蒙住頭。我們，眼睛都不眨一下。我很快跑到女人堆裏去了，那個回教徒，三個太太加一位老母親，都住在一起。

「外面那個黑人是誰？」我問。

女人們聽不懂我的話，推來推去的笑個不停。一般阿拉伯人膚色接近淺淺的棕色，並不是黑的。

那一天，我們喝完了茶，就告辭回家了，走之前，黛娥他們車內還有半盒子的雞蛋、幾顆洋蔥，我們盡己所有的，都留下了才去。

這件事情，很普遍，事後也就忘了。

過了十幾天以後，晚上有人敲門，我跑去開門，門外就站著那個帳篷中相遇過的人，夜色裏，跟著一個穿袍子的黑人——那個燒茶水的。

我大喊了一聲：「荷——西——來——」

那個人對我們夫婦說，要送給我們一個奴——隸，說著往身後那個高大的黑人一指。

我們拚命拒絕，說家太小，也沒有錢再養一個人，更不肯養奴隸，請他不要為難我們，這太可怕了。

那個主人不肯，一定要送。又說：「叫他睡在天台上好了，一天一個麵包就可以養活了。」

我拉過那個黑人袖子，把他拉到燈下來看了一看，問他：「你，要不要自由？如果我們先收了你，再放了你，就自由了。要不要？」

那個奴隸很聰明，他完全明白我的話，等到我說要放他自由，他嚇壞了，一直拉住主人的袖子，口裏說：「不、不、不……」

「你給他自由，叫他到哪裏去？」主人說。

「那你還是把他帶回去吧！我們這種禮物是絕不收的。」我喊著，往荷西背後躲。

「不收？」

「真的不能收，太貴重了。」

「那我另外給你們一樣東西。」主人說。

「只要不是人，都可以。」我說。

那個送奴隸的人彎下身去，在一個麵粉口袋中掏，掏出來的就是照片中那只羊皮鼓。

這個東西，使我們大大鬆了一口氣——它不是個活人。

以後我們在家就叫這只鼓——「奴隸」。

搬家到迦納利群島去時，我們打扮房子，我站著指點荷西：「對，把那個奴隸再移左邊一點，斜斜的擺，對了，這樣奴隸比較好看……」

在一旁聽的鄰居，一頭霧水，頭上冒出好多問號來，像漫畫人物一般——好看。

48……第一匹白馬

白馬不是一輛吉普車，只是一輛普通的小型汽車。吉普車是每一個沙漠居民的美夢，可是太貴了。

我們——先生和我，不喜歡分期付款，因此縮衣節食的省哪——省出來一輛最平民化的汽車錢。指定要白色的，訂了一個月不到，汽車飄洋過海的來了。

沙漠的白天，氣溫高過五十度以上，車子沒有庫房，就只有給它曬著。等到下午由我開車去接先生下班時，得先把坐墊上放一小塊蓆子，方向盤用冷水浸過的抹布包住，這才上路。

回想起來，也是夠瘋的了，就用這輛不合適沙漠情況的車子，三年中，跑了近十八萬公里的路。有一回，從西屬撒哈拉橫著往右上方開，一直開到「阿爾及利亞」的邊界去。

又有一次，把車子往沙漠地圖下方開，穿過「茅烏尼它尼亞」一直開到「達荷美」，而今稱為貝林共和國的地方才停止。

這輛車子——我們叫它「馬兒」的，性能好得教人對它感激涕零。它從來不在沙漠中賴皮。無論怎麼樣的路況，總也很合作的飛馳過去。

就算是四個輪子都陷在沙裏了，我們鋪上木板，加上毯子，用力一發動，白馬就勇敢的跳出來。馬兒吃的汽油少，而且從不生病。

到了後來，沙漠的強風，夾帶著沙子，天天吹打著駕駛人要看路的那塊玻璃。將玻璃打成毛沙的了。

「白馬眼睛毛啦！」我對先生說。

那時候我們已經住在沒有沙塵的島上了。

也捨不得換那片玻璃，將它當成了一場美麗生活的回憶。我們就在島上迷迷糊糊的開著它，直到有一天，鄰居說要買一輛舊車給大兒子去開。他，看中了我們的。

我捨不得，雖然開出的價格十分引誘人。

「換啦！」荷西說。我看看他，不講話。

「都那麼多公里了，還不換，以後再也沒有人出這種價格了。」

我終於答應了，看了一輛新車，又是白色的。那時候，正是失業的開始，我們居然很樂觀的去換了一輛車。

當那個買主來牽他的馬兒時，我將這匹帶給我們夫婦巨大幸福的好馬，裏裏外外都清潔了一遍。它走的時候，我跑到屋子裏去，不想看它離開。

沒過幾天，撒哈拉的汽車牌照被新主人換成迦納利島上的了。我急急的往鄰居車庫中跑，怕他將舊牌照丟掉。

「拿去吧！我沒有丟。」鄰居說。

我抱著車牌回來，將它擦了一遍，然後掛在車房裏。

這兩、三年來，那種屬於我們第一匹馬兒的汽車也開始進口台灣了。我特地跑去看了一看車型，走出來時，發覺自己站在台灣的土地上，那種「恍如一夢」的感觸，很深、也很迷茫。

特別注意那種進口車的廣告——寫得不夠引人。我心裏默想，這個進口商怎麼那麼不明白，在中國，第一個用這種車子去跑沙漠的人就是我。廠商找了些不相干的人去打廣告，有什麼說服力呢？

而他們，是不會看見這篇文章的——因為生意人不看書的佔大多數。所以，我就不把這種好性能、好本事、好耐力的汽車名字講出來。

49 第一套百科全書

不知為何這一期刊登的寶貝，在許多照片中抽出來的，都是生命中所包含的「第一次」。算作是巧合吧，那也未免太巧了，因為真的是隨手抽來就寫的。

照片中的那套《百科全書》的確是我心愛的寶貝。回台灣來時，用磅秤試了一下，十二大冊，總重二十九公斤。

這個故事發生在一九七六年，那時因為西屬撒哈拉被摩洛哥佔去，境內的西班牙人——不算軍隊，大約兩千人吧，都因此離開了。

我們——先生和我，也告別了沙漠，飛到沙漠對岸的迦納利群島去找事。而我們一時裏找不到事情，只好動用一筆遣散費在生活。

失業中的日子，在心情上是越來越焦慮的，我們發出了無數求職的信給世界各地的潛水工程機構，包括台灣。也寫了一封信給蔣經國先生，信中說：荷西是中國女婿，想在台灣找一份潛水的工作，待遇不計。蔣先生回了信，真的，說——很抱歉，一時沒有工作給他。

那一陣我們住在一幢租來的小房子裏，在海邊。也是那一陣，荷西與我常常因為求職的信沒有下文，心情悲愁而黯淡。兩個人常常失眠，黑暗中拉著手躺著，彼此不說話。

那一陣，我拚命寫稿，稿費來了，荷西就會難過，不肯我用在付房租和伙食上。也是那一次失業，造成了我們夫婦一天只吃一頓飯的習慣，至今改不過來。

就在一個炎熱的午後，全社區的人，不是在睡午覺就是到海灘上去曬太陽、吹風時，寂靜如死的街道上傳來了重重的腳步聲。就因為太安靜了，我們聽得清楚。

有人拉著小花園門口我們紮在木頭柵子上的銅鈴，請求開門。

我穿著一條家居短褲，光著腳跑出去看看來人會是誰。那時候，初抵一個陌生的島嶼，我們的朋友不多。

門外一個西裝筆挺的青年人，身上揹著好大好大一個帆布旅行包，熱得滿臉都是汗，臉被太陽曬得通紅的，就站著等我。

他很害羞的講了一聲「午安」，我也回了他一句「午安」。一看那個樣子，應當是個推銷員。荷西慢吞吞的走出來，向來人說了一聲：「天熱，請進來喝杯啤酒吧，我們剛好還剩兩罐。」

我們明知自己心軟，推銷員不好纏，可是為著他那副樣子，還是忍不下心來將他打發掉。進了門，在客廳坐下來時，那個旅行包被這位陌生人好小心的放在地上，看他的姿勢，就曉得重得不得了。

我們喝著啤酒，荷西與我同喝一罐，他，一個人一罐，就沒有了。

談話中知道他才做了三天的推銷員——賣百科全書，沒有汽車，坐公車來到這個有著兩百家左右居民的社區，來試他的運氣。

「難道你不知道這個海邊叫『小瑞典』嗎？你在這些退休來的北歐人裏賣西班牙文百科全書？」我啃著指甲問他。

那位推銷員說他根本不知道這些，只曉得有人住著，就來了。

「全島的人都知道的呀！你怎麼會不知道？」我奇怪的說。

那個人咳了一下，好像開始要講很長的故事，最後才說：「唉！我是對面西屬撒哈拉過來的，在那邊住了快十五年，我父母是軍人，派到那邊去，現在撤退到這個島上來，我們是完全陌生的，所以——所以——我只有出來賣書。」

一聽見這位西班牙人也是沙漠過來的，我尖叫起來，叫著：「你住阿雍嗎？哪個區？城裏還是城外？你在那邊見過我們嗎？」

「我們也是沙漠過來的。」荷西好快樂的樣子。許多天沒看見他那種神情了。

講起沙漠，三個人傷感又欣慰，好似碰見了老鄉一樣，拚命講沙漠的事和人。我們發覺彼此有著許多共同的朋友。

最後講起荷西的失業以及找工作的困難，又難過了一陣。那時候，那個已經成了朋友的推銷員才將旅行包打開來，拿出一冊百科全書。

「你推銷，只要帶一冊，再加些介紹這套書的印刷品就夠了，何苦全套書都揹在肩上走路呢？」我看著這個呆子，疼惜的笑著。

「三天內，賣了幾套？」荷西問著。

「一套也沒有賣掉。可是明天也許有希望。」

荷西將我一拉拉到臥室去，輕輕的說：「寶貝，我們分期付款買下一套好不好？雖然我們不喜歡分期付款，可是這是做好事，妳可憐可憐外面那個沙漠老鄉吧。」

我心中很緊張的在算錢，這樁事情，先生是不管的，我得快速的想一想——如果付了第一期之後，我們每個月得再支出多少，因為百科全書是很貴很貴的。

「Echo，寶貝，妳不是最愛書本的嗎？」先生近乎哀求了。我其實也答應了。

等到荷西叫出我最親愛的名字——「我的撒哈拉之心」這幾個字時，我抱住他，點了頭。

當我們手拉手跑出去，告訴那個推銷員——我們要分期付款買下他第一套百科全書時，那個人，緊緊握住荷西的手，緊緊的握著，好像要哭出來了似的。

然後，我們叫他當天不必再賣了，請他上了我們的車子，將他送回城裏去。這個年輕人沒有結婚，跟著父母住在一幢臨時租來的公寓裏，他說父親已經從軍中告老退休了。

當他下了我們的車子，揮手告別之後，我聽見這個傻孩子，一路上樓梯一路在狂喊：「爸爸、爸爸！我賣掉了第——一——套——」

我笑著摸摸正在開車的先生的頭髮，對他說：「這一來，我們就喝白水，啤酒得等找到事的時候才可以喝了。」

50 娃娃國娃娃兵

在迦納利群島最大的城市棕櫚城內，有著一家不受人注目的小店，因為它的位置並不是行人散步的區域，連帶著沒有什麼太好的生意。

我是一個找小店的專門人物，許多怪裏怪氣的餐館、畫廊、古董店或是不起眼的小商店，都是由我先去發現，才把本地朋友帶了去參觀的。當然，這也表示，我是個閒人，在那片美麗的海島上。

這群娃娃，略略旅行或注意旅行雜誌的朋友們，一定可以看出來，她們是蘇俄的著名特產。

當我有一次開車經過上面所提到的那家小店時，車速相當快，閒閒的望了一下那雜七雜八陳列著太多紀念品的櫥窗時，就那麼一秒鐘吧，看到了這一組木娃娃，而當時，我不能停車，因為不是停車區。

回家以後我去告訴先生，說又發現了一家怪店，賣的東西好雜，值得去探一探。先生說：「那現在就去嘛！」我立刻答應了。

那一陣先生失業，我們心慌，可是閒。

就在同一天的黃昏，我們跑去了。店主人是一位中年太太，衣著上透著極重的藝術品味。她必是一位好家境的女子，這個店舖，該是她打發時間而不是賺錢養家的地方——因為根本沒有生意。

我們去看蘇俄娃娃，才發覺那是一組一組有趣的「人環」。娃娃尺寸是規定的，小娃娃可以裝在中娃娃空空的肚子裏，中娃娃又可以放在大娃娃的肚子裏。

這麼一組一組的套，有的人環，肚子裏可以套六個不同尺寸的娃娃，有的五個，有的四個。

先生很愛人形，也酷愛音樂盒子。這一回看見那麼有趣的木娃娃，他就發瘋了。而先生看中的一組，共有二十三個娃娃，全部能夠一個套一個，把這一大群娃娃裝到一個快到膝蓋那麼高的大娃娃裏去。

我也是喜歡那組最浩大的。

問了價錢，我們很難過，那一組，不是我們買得起的。我輕問先生：「那先買一組六個的好不好？」他說不好，他要最好的，不要次貨。

「又不是次貨，只是少了些人形。」我說。

「我要那個大的，二十三個的。」他很堅持。

「那就只好等囉！傻孩子。」我親親先生，他就跟我出店來了，也沒有亂吵。其實，家裏存的錢買一組「大人環」還是足足有餘的，只因我用錢當心，那個「失業」在心情上壓得太重，不敢在那種時間去花不必要的金錢。

等到我回到台灣來探親和看醫生時，免不得要買些小禮物回來送給親朋好友，於是我想起了那一套一套人形。她們又輕又好帶，只是擔心海關以為我要在台北擺地攤賣娃娃，因為搬了三十幾套回來——都只是小型的。

付錢的時候，我心中有那麼一絲內疚——對先生的。這幾十套小人的價格，合起來，可以買上好幾套最大的了。

我沒有買給先生，卻買給了朋友們。

這批娃娃來到台北時，受到了熱烈的歡迎，每一個朋友都喜歡她們。有一次在一場酒會裏，那隻我很喜歡的「笨鳥」王大空走到我身邊來，悄悄的問我：「妳那組娃娃還有沒有？」當時，就有那麼巧，皮包內正放著一組，我順手塞給王大空，心裏好奇怪——這隻好看的笨鳥居然童心未泯到這種地步，實在可喜極了。

後來家中手足眼看娃娃都快送光了，就來拿，又被拿去了最後的那一群。當時也不焦急，以為回到了迦納利群島還是買得到的。

以後，先生和我去了奈及利亞，搬來搬去的，可是先生心中並沒有忘記他的「兵」。

我說那不是兵，是娃娃，他就叫她們「娃娃兵團」。

好多次，我們有了錢，想起那組娃娃，總又捨不得去買。那時，我們計畫有一個活的小孩子，為著要男還是要女，爭論得怪神經的。

反正我要一個長得酷似先生的男孩子，先生堅持要一個長得像我的女孩。而我們根本不知道活小孩什麼時候會來，就開始為了這個計畫存錢了。

那組大約要合七千台幣的「娃娃兵團」就在我們每次逛街時的櫥窗裏，面對面的觀望欣賞。

等我失去了先生，也沒有得到自己的孩子時，方才去了那家小店。放足了錢，想把她們全買下來，放到先生墳上去陪伴他。

那個女主人告訴我，蘇俄娃娃早就賣完了，很難再去進貨。她見我眼中浮出淚水，就說：「以後有了貨，再通知妳好嗎？」

我笑著搖搖頭，搖掉了幾串水珠，跟她擁抱了一下，說：「來不及了，我要回台灣去，好遠的地方，不會再回來了。」

回到台灣，我的姐弟知道這組娃娃對我的意義，他們主動還給了我兩套——都是小的。常常，在深夜裏，我在燈下把這一群小娃娃排列組合，幻想：先生在另一個時空裏也在跟我一同扮「家家酒」。

看到了這篇文章的讀友，如果你們當中有人去蘇俄，請千萬替我帶一套二十三個的娃娃回來給我好不好？請不要管價格，在這種時候，還要節省做什麼呢。

51……時間的去處

在美國，我常常看一個深夜的神秘電視節目，叫做《奇幻人間》。裏面講的全是些人間不太可能發生的事情，當然，許多張片子都涉及到靈異現象或超感應的事情上去。

一個人深夜裏看那種片子很恐怖，看了不敢睡覺。尤其是那個固定的片頭配樂，用著輕輕的打擊樂器再加時鐘嗒、嗒、嗒的聲音做襯出來時，光是聽著聽著，就會毛髮豎立起來。

我手中，就有一個類似這樣的東西。

是以前一個德國朋友在西柏林時送給我的。一塊像冰一樣的透明體，裏面被壓縮進去的是一組拆碎了的手錶零件。

無論在白天或是晚上，我將這樣東西拿在手中，總有一種非常凝固的感覺如同磁鐵似的吸住我。很不能自拔的一種神秘感。

我是喜歡它的，因為它很靜很靜。

許多年了，這塊東西跟著我東奔西跑，總也弄不丟。這與其說是我帶著它，倒不如說，是它緊緊的跟著我來得恰當。

有一年，在家裏，我擦書架，一不小心把這塊東西從架上的第一層拂了下去。當時先生就在旁邊，他一個箭步想衝上來接，就在同一霎間，這塊往地上落下去的東西，自己在空中扭了一個彎，啪一下跌到書架的第三層去，安安然然的平擺著，不動。

我是說，它不照「拋物線」的原理往下落，它明明在空中扭了一下，把自己扭到下兩層書架上去了。這是千真萬確的。

先生和我，看見這個景象——呆了。

先生把它拿起來，輕輕再丟。一次、兩次、三次，這東西總是由第一層掉到地上去，並沒有再自動轉彎，還因此摔壞了一點呢。

那麼，那第一次，它怎麼弄的？

從那次以後，我就有點怕這塊東西，偏偏又想摸它，從來捨不得把它送人。

那些靜靜的手錶零件，好像一個小宇宙，凍在裏面也不肯說話。

寫到這兒，我想寫一個另外的故事，也是發生在我家中的。這個故事沒有照片，主角是一棵盆景，我叫不出那盆景的名字，總之——

在我過去的家裏，植物長得特別的好，鄰居們也養盆景，可是因為海風吹得太烈，水質略鹹，花草總也枯死的多。而我的盆景在家中欣欣向榮，不必太多照拂，它們自然而快樂的生長著。

每當有鄰居來家中時，總有人會問，怎麼養盆景。那時候我已經孀居了，一個人住，不會認真煮飯吃，時間就多了一些。我對鄰居說，要盆景好，並不難，秘密在於跟它們講話。「跟盆景去講話?!」鄰居們大吃一驚。

「我沒人講話呀！」我說。

說著說著，那一帶的鄰居都去跟他們的盆景講話了。

我跟我的盆景講西班牙文，怕它們聽不懂中文。

就在一個接近黎明的暗夜裏，我預備睡了，照例從露台吊著的盆景開始講，一棵一棵講了好多，都是誇獎它們的好話。

等我講到書架上一棵盆景時，它的葉子全都垂著，一副沒精打采的樣子。我一看就忘了要用鼓勵的話對它，就罵：「你呀！死樣怪氣的，垂著頭做什麼嗎？給我站挺一點，不要這副死相呀！」

那個盆景中的一片手掌般大的葉子，本來垂著的，聽了我的好罵，居然如同機器手臂一樣咔咔、咔咔往上升，它一直升，一直升，升到完全成了舉手的姿勢才停。

那一個夜晚，我被嚇得逃出屋去，在車子裏坐到天亮。等到早晨再去偷看那片嚇了我的葉子：它，又是垂下來的了。

第二天，我把這盆東西立刻送人了。

在我的家裏，還有很多真實的故事，是屬於靈異現象的，限於「不科學」，只有忍住不說了。

52……橄欖樹

這明明是一隻孔雀，怎麼叫它一棵樹呢？

我想問問你，如果，如果有一天，你在以色列的一家餐館裏，聽到那首李泰祥作曲，三毛作詞，齊豫唱出來的——〈橄欖樹〉，你，一個中國人，會是什麼心情？

以色列，有一家餐館，就在放〈橄欖樹〉這首歌。

當時，我不在那兒，在南美吧！在那個亞馬遜河區的熱帶雨林中。

是我的朋友，那個，在另一張南美掛氈的照片故事中提到的朋友——他在以色列。是他，聽到了我的歌。那時候，我猜，他眼眶差一點要發熱，因為離開鄉土那麼遠。

回來時，我們都回返自己的鄉土時，我給了他一張秘魯的掛氈。他，給了我一隻以色列買來的孔雀。然後，把這個歌的故事，告訴了我。

一九八九年，如果還活著，我要去以色列。在那兒，兩家猶太民族的家庭，正在等著我呢。

53 西雅圖的冬天

前年冬天，我在西雅圖念書。開始膽子小，只敢修了一些英文課，後來膽子大了，跑去選了「藝術欣賞」。

在選這門課之前，我向註冊部門打聽又打聽，講好是不拿畫筆的，只用眼睛去看畫，然後，提出報告，就算數。這才放膽去上課了。

那堂課，大概是二十個學生，除了一群美國人之外，我是唯一的中國人。另外兩個猶太人，一個叫阿雅拉，一個叫瑞恰，是以色列來的。

阿雅拉和瑞恰原是我英文班上的同學，因為三個人合得來，就又選了同樣的課。

在「藝術欣賞」這門課上，一般美國同學的態度近乎冷淡。那個女老師，只看她那純美國式的衣著風格，就知道她不是一個有著世界觀的人，看畫也相當狹窄。我猜，在美國著名大學中，這樣的人是輪不到做教授的。

以前也上過西班牙的「藝術課」，那個馬德里大學的教授比起這一位美國老師來，在氣勢上就不知要好多少。

主要是，那個美國老師，把教書當成一種職業，對於藝術的愛之如狂，在她生命中一點也沒看見。我就不喜歡她了。

我知道，老師也不喜歡我。第一次上課時，我報出一大串偉大畫家的名字，而且說出在某時某地看過哪一些名畫的真跡。那個器量不大的女老師，深深的看了我一眼，我當時就知道——完啦。

小小的西雅圖，有人容不下我。

同學們，怎麼交朋友，都談不上來。人家講話，他們只是回答：「是嗎？是嗎？」不肯接口的。冷得很有教養。

那個猶太同學阿雅拉本身是個畫家，因為先生被派到波音公司去做事一年，她好高興的跟來了。也只有她和瑞恰，加上我，三個人，下課了就嘰嘰喳喳的爭論。

阿雅拉不喜歡具象畫，我所喜歡的超現實畫派，正好是她最討厭的。我們經常爭辯的原因是，彼此說出哪一幅名畫或哪一個畫家，兩個人腦子裏就會浮現出背景來。可以爭，只因為旗鼓相當。

後來我要離開美國了，阿雅拉很難過很難過。她拿起久不動的相機和畫筆，特別跑到西雅圖城裏去拍照，以照片和油彩，繪作了一幅半抽象半具象的街景送給我，算是一種「貼畫」吧。

這幅〈西雅圖之冬〉我非常喜愛，其中當然也加進了友情的色彩。目前正在等著配個好框。

寫這篇文章的時候，阿雅拉在西雅圖已經開過了一次個展，報紙給她好評，也賣掉了一些畫。沒多久以前，阿雅拉回到以色列去，我回到台灣。我們通信，打電話，約好一九八九年由我去以色列看看她和瑞恰，我們正在熱切的盼望著再一次的相聚。

54……亞當和夏娃

「如果他是亞當，那時候上帝並沒有給他鬍子刀，他的鬍子不會那麼短。」我說。

「這個時候亞當才造好了不久嘛！還沒有去吃禁果呢。」荷西說：「妳看，他們還不知道用樹葉去做衣服，以此證明——」

「吃了禁果還不是要刮鬍子。」我說。

那時候，我們站在一個小攤子面前，就對著照片中這一男一女講來講去的。

因為價錢不貴，而且好玩，我們就把這一對男女買回家去了。藝術性不高的小玩意兒罷了，談不上什麼美感。

這一對男女被放在書架上，我從來沒有特別去重視他們。

有一天跟荷西吵架，沒有理由的追著他瞎吵。吵好了，我去睡覺，就忘了這回事。我的生氣是很短的，絕對不會超過五小時以上。如果超過了，自己先就覺得太悶，忍不住悶，就會去找荷西講話，如果他不理，我就假哭，我一哭，他就急了，一急就會喊：「妳有完沒有？有完沒有？」我也就順水推舟啦，說：「完了，不吵了。對不起。」

有一次也是吵完了，說聲對不起，然後去廚房弄水果給荷西吃。廚房跟客廳中間有一個美麗的半圓形的拱門。道了歉，發覺荷西正往那一對裸體人形走過去，好像動了他們一下，才走開。

我跑過去看看人形，發覺他們變成面對面的了，貼著。我笑著笑著把他們並排放好。以後我發覺了一個秘密，只要荷西跟我有些小爭吵——或說我吵他，那對裸體人形的姿勢就會改變。是荷西動的手腳。

吵架的時候，荷西把他們背靠著背；和好的時候，就貼著，面對面。平日我擦灰時，把他們擺成照片上的站姿。等到我不知覺的當兒，他們又變成面對面的了。

這個遊戲成了我們夫妻不講話時的一種謎語。有一天，我發覺荷西把那個「我的代表」，頭朝上向天仰著，我一氣，把他也仰天給躺著，變成腳對腳。沒過幾天再去看時，兩個人都趴在那裏。

本來沒有什麼道理的兩個小人，因為先生的深具幽默感，成了家中最有趣的玩具。

這一回賣掉了那幢海邊的家回到台灣來，當我收拾行李的時候，把這對人形用心包好，夾在軟的衣服裏給帶回來。

關箱子的時候，我輕輕的說：「好丈夫，我們一起回台灣去！」

55……我要心形的

每次聖誕節或者情人節什麼的，我從不寄望得到先生什麼禮物。先生說，這種節日本意是好的，只是給商人利用了。又說，何必為了節日才買東西送來送去呢？凡事但憑一心，心中想著誰，管它什麼節日，隨時都可送呀！

我也深以先生的看法為是，所以每天都在等禮物。

有一天先生獨自進城去找朋友，我不耐那批人，就在家裏縫衣服。先生走時，我檢查了他的口袋，覺得帶的錢太少。一個男人，要進城去看朋友，免不得吃吃喝喝，先生又是極慷慨的人，不叫他付帳他會不舒服的。就因為怕他要去一整天，所以又塞了幾張大鈔給他，同時喊著：「不要太早回家，盡量去玩到深夜才開開心心的回來。不要忘了，可以很晚才回來哦！」站在小院的門口送他，他開車走的時候揮了一下手，等到轉彎時，又煞了車，再度停車揮手，才走了。

鄰居太太看了好笑，隔著牆問我：「你們結婚幾年了？」我笑說：「快五年了。」那個太太一直笑，又問：「去哪裏？」我說：「去城裏找朋友。」鄰居大笑起來，說我怎麼還站在門口送——生離死別似的。我也講不出什麼道理，嘩一下紅了臉。

沒想到才去了兩個多鐘頭吧，才下午一點多鐘呢，先生回來了。我抬起縫衣服的眼睛，看見他站在客廳外面，伸一個頭進來問：「天還沒有黑，我，可不可以回家？」

「當然可以回家囉！神經病！」我罵了他一句，放下待縫的東西，走到廚房把火啪一點，立即做午飯給他吃。

做飯的時候，問先生：「怎麼了，朋友不在嗎？」先生也不作聲，上來從後面抱住我，我打他一下手臂，說：「當心油燙了你，快放手！」

他說：「想妳，不好玩，我就丟了朋友回來了。」

等我把飯菜都放在桌上，去浴室洗乾淨手才上桌時，發現桌上多了一個印度小盒子，那個先生，做錯了事似的望著我。

我一把抓起盒子來，看他一眼，問：「你怎麼曉得我就想要這麼一個盒子？」先生得意的笑一笑。我放下盒子，親了他一下，才說：「可是你還是弄錯了，我想要的是個雞心形的，傻瓜！」

先生也不響，笑笑的朝我舉一舉飯碗，開始大吃起來。等我去廚房拿出湯來的時候，要給先生的空碗添湯，他很大男人主義的把手向我一伸——天曉得，那個空碗裏，被他變出來的，就是我要的雞心小盒子。

這一回，輪到我，拿了湯杓滿屋子追他，叫著：「騙子！騙子！你到底買了幾個小盒子，快給我招出來——」

八年就這麼過去了。說起當年事，依舊淚如傾。

56……印地安人的娃娃

那半年在中南美洲的旅行，好似從來沒有錯過一次印地安人的「趕集」。常常，為了聽說某個地方的某一天會有大趕集，我會坐在長途公車裏跟人、動物、貨品、木頭擠在一車。有時膝上還抱著一個滿頭長蝨子的小女孩。

雖然這種長途車很不舒服，可是為著趕集的那種快樂和驚喜，仍然樂此不疲的一站一站坐下去。

最長的一次車，坐了三天兩夜，沿途換司機，不換乘客。為著那次的累，幾乎快累死去，更可怕的是：他們不給人上廁所。

任何事情，在當時是苦的，如果只是肉體上的苦，過了也就忘了。回憶起來只會開心，有時還會大笑。

照片中的娃娃，看上去很怕人，好似是一種巫術的用具。其實它們不過是印地安人手織的老布，穿舊了，改給小孩子玩的東西。

南美的趕集，是一場又一場奇幻的夢。睡在小客棧中，不到清晨四點吧，就聽見那一群群的人來啦！我從旅社的視窗去看那長長的隊伍，那些用頭頂著、用車拉著、用馬趕著而來賣貨的印地安人，那擠擠嚷嚷的嘈雜聲裏，蓬蓬勃勃的生命力在依舊黑暗的街道上活生生的潑了出來一般教人震動。也許，前世，我曾是個印地安女人吧，不然怎麼看見這種景象，就想哭呢？

逛市集是逛一輩子也不會厭的，那裏面，不只是貨品，光是那些深具民族風味的人吧，看了就使人發呆。他們，太美了，無論男女老幼，都是深刻的。

特別喜歡印地安人的小孩，那種媽媽做生意時被放在紙箱子裏躺著的小嬰兒。有一次在玻利維亞，看上了一個活的小女孩，才七、八個月大，躺在紙盒裏瞪著我，很專注的盯住我看。那雙深黑的大眼睛裏，好似藏著一個前生的故事。我每天走路去看那個街頭的嬰兒，一連看了十幾天，等到要走的那天，我盯住嬰兒看，把她看進了我的靈魂，這才掉頭大步走去。

帶回台灣來的是三個布娃娃，布娃娃做的是母子型，母親抱著、揹著她們心愛的孩子。有趣的是，那個價格，如果母親之外又多做了一個孩子，就會賣得比較貴。

照片中左邊的母親抱了一個男孩，右邊的母親抱著一個比較大的女兒，背後還綁了另一個更小的，做得太鬆了，背後那個小孩子的頭，都吊垂著了。是秘魯老城古斯庫得來的。

一共帶回來三個，其中之一，送給了史唯亮老師的孩子——史擷詠，也是一位作曲家。

今年，在金馬獎的電視轉播上看見史擷詠得獎。當時，為他快樂得不得了，同時想起，那個送他的印地安娃娃，還被他保存著嗎？

57……再看妳一眼

一件衣服，也可以算是收藏嗎？

不，應該不算收藏。它，是我的寶貝之一。

我的女友巴洛瑪，在西班牙文中，她名字的意思，就是「鴿子」。

巴洛瑪是我去撒哈拉沙漠時第一個認識的女朋友，也是後來迦納利群島上的鄰居。她的先生夏依米，是荷西與我結婚時的見證人。

大漠裏的日子，回想起來是那麼的遙遠又遼闊，好似，那些趕羊女子嘹喨的呼叫聲還在耳邊，怎麼十多年就這麼過去了。

當時，留在沙漠的西班牙人，幾乎全是狂愛那片大地的。在那種沒有水、沒有電、沒有瓦斯、沒有食物的地方，總有一種東西，使我們在那如此缺乏的物質條件下，依舊在精神上生活得有如一個貴族。

巴洛瑪說過，她死也不離開沙漠，死也不走，死也不走。

結果我們都走了，為著一場戰爭。

離開了非洲之後，沒有再回去過，而命運，在我們遠離了那塊土地以後，也沒有再厚待我們。三年的遠離，死了荷西。多年的遠離，瞎了巴洛瑪。

已經出版的書裏，有一篇〈夏日煙愁〉寫的就是巴洛瑪和她家人的故事。

在巴洛瑪快瞎之前，她丈夫失業已經很久了。她，天天用鉤針織衣服，打發那快要急瘋了的心亂。有一天，她說要給我勾一件夏天的白衣服，我並不想一件新衣服，可是為著她的心情，我想，給她織織衣服也好，就答應了她。

巴洛瑪是突然瞎的，視神經沒有問題，出了大問題的是她因為家裏存款眼看就要用光而到處找不到事做的焦憂。

在那之前，她拚命的替我趕工勾衣服，弄到深夜也不肯睡。有一天前襟勾好了，她叫我去比一比尺寸，我對她說：「不要太趕，我不急穿。」她微微一笑，輕輕的說：「哦，不，我要趕快趕快，來，轉過身來，讓我再看妳一眼！」

我說：「妳有得看我了，怎麼講這種奇怪的話呢？」

巴洛瑪怪怪的笑著，也不理會我。

這件照片中的衣服，三、四天就勾好了，我帶著這件衣服回台灣來度假。等到再回迦納利島上去時，鄰居奔告我，說巴洛瑪瞎了，同時雙腿也麻痹了，被丈夫帶回西班牙本土屬於巴洛瑪的故鄉去。

那以後的故事，在〈夏日煙愁〉裏都寫過了，是一篇悲傷的散文，我喜歡文中的那個村落和人物，可是我不喜歡我心愛的女友瞎了。

後來，寄了幾次錢去，他們音訊少。一年來一封信，寫的總是失業和那不肯再看東西的一雙眼睛。

我珍愛著這件衣服，勝於那只西元前十四世紀的腓尼基人的寶瓶。在心的天平上，有什麼東西，能夠比情來得更重呢？

請看看清楚，這一針又一針密密緊緊的棉線，裏面勾進了多少一個婦人對我的友愛和心事。

58……遺愛

這張照片上一共擺了四樣小東西。

那麼普通又不起眼的手鍊、老別針、墜子，值得拍出照片來嗎？

我的看法是，就憑這幾樣東西來說，不值得。就故事來說，是值得的。

先來看看這條不說話的手鍊——K金的，上面兩片紅點。一小塊紅，是一幅瑞士的國旗；另一塊，寫著阿拉伯數字13。

由這手鍊上的小東西，我們可以看出來，這手鍊原先的主人，很可能是個瑞士人，而且她是不信邪的。十三這個在一般西洋人認為不吉祥的數字，卻被她掛在手上。

這條鍊子的主人，原是我的一個好朋友路斯，是一個瑞士人。

路斯不承認自己酗酒，事實上她根本已是一個酒精中毒的人，如果不喝，人就發抖。

試著勸過幾次，她不肯承認，只說喝得不多。酒這東西，其實我也極喜愛，可是很有節制，就算喝吧，也只是酒量的十分之三、四就停了，不會拿自己的健康去開玩笑。

當路斯從醫生處知道她的肝硬化已到了最末期了時，看她的神情，反而豁達了。對著任何人，也不再躲躲藏藏，總之一大杯一大杯威士忌，就當著人的面，給灌下去。

每當路斯喝了酒，她的手風琴偏偏拉得特別的精采。她拉琴，在場的朋友們就跳舞。沒有什麼人勸她別再喝了，反正已經沒有救的。

有時候，我一直在猜想，路斯是個極不快樂的人。就一般而言，她不該如此不要命的去喝酒，畢竟孩子和經濟情況，都不算太差的。可是她在自殺。

那個醫院，也是出出進進的。一旦出了院，第一件事就是喝酒。她的丈夫喝得也厲害，並不會阻止她。

不記得是哪一年了，十月二十三日那一天，我跑去看路斯，當時她坐在縫衣機面前車一條床單的花邊。去看她，因為十月二十六日是路斯的生日。拿了一只台灣玉的手環去當禮物。

「玉不是太好，可是聽說戴上了對身體健康是有用的。」我說。

路斯把那只玉手環給套上了，伸出手臂來對我笑笑，說：「我喜歡綠色，戴了好看，至於我的病嘛——就在這幾天了。」

我看著路斯浮腫的臉和腳，輕輕問她：「妳自己知道？」

她不說什麼，脫下腕上這條一直戴著的手鍊交給我，又打開抽屜拿出一個金錶來，說：「只有這兩樣東西可以留給妳，我的長禮服妳穿了太大，也沒時間替妳改小了。」

我收了東西，問她：「妳是不是想喝一杯，現在？」

路斯對我笑笑。我飛奔到廚房去給她倒了滿滿一杯威士忌。

她睇了我一眼，說：「把瓶子去拿來。」

我又飛奔去拿瓶子，放在她面前。

路斯喝下了整瓶的烈酒，精神顯得很好。她對我說：「對希伯爾，請妳告訴他，許多話，當著尼可拉斯在，長途電話裏我不好說。妳告訴他，這房子有三分之一應當是他的。」

希伯爾是路斯與她第二任丈夫生的孩子，住在瑞士，我認識他。路斯是住迦納利群島的。

「還有什麼？」我把她的手鍊翻來覆去的玩，輕輕的問她。

「沒什麼了。」她舉舉空瓶子，我立即跑去廚房再拿一瓶給她。

「對尼可拉斯和達尼埃呢？」我問。

「沒有什麼好講了。」

我們安靜的坐著，海風吹來，把一扇窗啪一下給吹開了。也不起身去關窗，就坐著給風颳。路斯一副沉思的樣子。

「Echo，妳相信人死了還有靈魂嗎？」她問。

我點點頭，接著說：「路斯，我們來一個約定——如果我們中間有一個先死了，另外一個一定要回來告訴一下消息，免得錯過了一個我們解也解不開的謎。」

「先去的當然是我。」路斯說。

「那也未必，說不定我這一出去，就給車撞死了。」我說。

路斯聽我這麼說，照著西班牙習慣敲了三次木桌子，笑罵了一句：「亂講的，快閉嘴吧！」

「妳——這麼確定自己的死嗎？」我問。

路斯也不回答，拿了瓶子往口裏灌，我也不阻止她，好似聽見她的心聲，在說：「我想死、我想死、我想死、我想死……」

我陪伴著路斯靜坐了好久，她那坐輪椅的丈夫，喝醉了，在客廳，拿個手杖舉到天花板，用力去打吊燈，打得驚天動地。我們不去睬他。

「好了，我出去掃玻璃。」我說。

路斯將我一把拉住，說：「不去管他，妳越掃，他越打，等他打夠了再出去。」

我又坐下了，聽著外面那支手杖砰一下、砰一下的亂打聲，嚇得差一點也想喝酒了。

「不要去聽他，我們再來講靈魂的事。」路斯很習慣的說。我好似又把她的話聽成「我想死」。

「好，路斯，如果妳先死，我們約好，妳將會出現在我家客廳的那扇門邊。如果我先死，我就跑來站在妳的床邊，好嗎？」

「如果我嚇了妳呢？」

「妳不會嚇倒我的，倒是他——」我指指外面。

我們兩個人開始歇斯底里的笑個不停。

「喂，路斯，我在想一個問題。」我說。

「妳怕我鬼魂現不出來？」

「對！我在想，如果蚊子的幼蟲——產卵在水裏的，一旦成了蚊子，就回不到水裏去。我們一旦死了，能不能夠穿越另一個空間回來呢？這和那個蚊子再不能入水的比方通不通？」

「等我死了再說吧！」路斯笑著笑著。

我跑到廚房去拿了一個乾淨杯子，倒了少少一點酒，舉杯，跟路斯乾了。出去安撫一下她的丈夫，把打碎的玻璃給掃乾淨，就回去了。

十月二十六日，路斯的四十五歲生日整，她死了，死在沙發上。

當我得到消息時，已是十月二十七日清晨六點多。路斯的孩子，達尼埃，跑來敲窗。我們聽說路斯死了，先生和達尼埃開車走掉了。他們去鎮上找醫生，要把醫生先拖來，才把這個消息告訴那個心臟不好又還在睡覺的丈夫尼可拉斯。

我，當然睡不下去了，起身把床單嘩的一抖，心中喊著：「路斯、路斯，妳就這麼走了，不守信用的傢伙，怎麼死了一夜了，沒見分明呢？我們不是最要好的朋友嗎？」

這麼在心裏喊著不過幾秒鐘吧，聽見客廳和花園之間的那副珠簾子，重重的啪一下打在關著的木門上。我飛跑出去看，那副珠簾又飛起來一次，再度啪一下打到門上，這才嗒、嗒、嗒、嗒、嗒的輕輕擺動，直到完全停止。

我呆看著這不可思議的情景，立即去檢查所有的門窗，它們全是夜間關好的。

也就是說，門窗緊閉的房子，沒有可能被風吹起那珠子串著的門簾，那麼，那飛起來擊打著木門的力量是哪裏來的？

「路斯，這不算，妳顯出來呀！我要看妳。」我對著那片客廳的門叫喊。整個的房子，籠罩在陰氣裏，空氣好似凍住了。我，盯住那個約好的方向看了又看。再沒有什麼動靜了。

那時，我發覺還穿著睡袍，匆匆忙忙換上牛仔褲，這才往尼可拉斯住的上一條街跑去。

路斯的死，是她自己求來的，只在下葬的那一霎間，我落了幾滴淚，並不太意外，也不很傷心。

後來，路斯的金錶，我轉交給了她的孩子達尼埃，這串手鍊一直跟著我。

我猜想，路斯靈魂的沒有顯出來給我看，不是不願，而是不能。不然，我們那麼要好，她不會不來的。

而那珠簾拍門的情景，算不算路斯給我的信號呢？

照片中另外三樣東西，那個別針、兩個墜子，都是朋友們給我的。給的時候，都說是存了半生的心愛物品。一聽說是他人心愛的，總是推卻，不肯收，那三個人，好似被一種東西迷住了似的，死命要給我。

收下了。不到三、五年，這三個朋友也都以不同的方式離開了這世界。

好似，在他們離開以前，冥冥中，一種潛意識，想把生命中的愛，留下給我——於是給了我這些佩戴的飾物。

對於死亡，經過這些又一些人，倒使我一直在學習，學習人生如幻的真理。

59……受難的基督

這個如同手掌一般大的石膏彩像靜靜的躺在一家小雜貨舖中。

那時，我在南美的玻利維亞。

長途旅行的人，就算是一樣小東西吧，都得當心，不然東買西買的，行李就成了重擔。

起初，走過這家雜貨舖，為的是去買一小包化妝紙，店中回答我說沒有這東西。我謝了店家，開始注視起這個十字架來。

一般時候，每當看見耶穌基督被掛十字架時的情況，心裏總是飽漲著想慟哭的感覺。

又有一次，在哥倫比亞首都的山頂教堂裏，看見如同真人一般大小的塑像，塑出來的耶穌正被他身上揹著的大十字架壓倒在地上，一膝跪下了，頭上戴著的荊棘刺破了他的皮膚，正在滴血，對著那副塑像，我曾經下跪，並且流下了眼淚。我知道，在我的心裏，是很愛很愛耶穌的。

這一回的玻利維亞，這一個塑像中的耶穌，連身體都不完整，只是象徵性的掛著雙手和半個軀體。感人的是，在那副為著替世人贖罪而死的十字架下面，被放坐著一個十分自在又微胖的人，在耶穌的十字架正下方，又放著一匹小驢子。這兩樣東西，人和驢，好似因為十字架的救贖而得到了一份平靜和安詳。

很喜歡世人如此解說十字架的意義，而它並不是一種遊客的紀念品，那是當地人做了，賣給當地人的。

那時候，我的行李中，能塞的東西，可能只有螞蟻了，所以注視了這個十字架很久，沒有買下來。

最後再去看這家小舖子的時候，那個店家對我說：「那妳就買下了吧！不佔空間的。」

我想了一會兒，先買了一個新的手提袋，這才買下了我的耶穌。將這塑像放在空空的手提袋中，心情特別的好。

這麼一來，它就一路跟回了台北，至今還站在我的書架上呢。

60……小偷、小偷

又來了一幅掛氈。

所有的掛氈都是手工的，有些是買來的，有些自己做。另外三塊極美的，送了人，照片裏就看不到了。

我喜歡在家中牆上掛彩色的氈子。並不特別喜歡字畫。總以為，字畫的說明性太強烈，三兩句話，道盡了主人的人生觀，看來不夠深入，因此在佈置上儘可能不用文字。

這幅掛氈本身的品質比起以後要出來的一幅，實在是比不上的，只是它的故事非常有趣。一次長途飛機，由東京轉香港，經過印度孟買停留的那四十五分鐘，乘客可以下機到過境室內去散散步。

我因為在飛機上喝橘子水，不小心潑溼了手，很想下飛機去機場內的化妝間把手好好的清洗一遍，免得一路飛去瑞士手上黏答答的。

那班飛機上的乘客，大半是日本旅行團的人，不但如此，可以說，全是女人。

當我走進孟買機場的化妝室時，看見同機的日本女人，全都排成橫隊，彎著腰，整齊一致的在那兒——刷牙。

看著這個景象，心中很想笑，笑著笑著，解下了手錶，放在水池邊，也開始洗起手來。

就因為那一排日本人不停的刷牙，使我分了心。洗好手，拿起水池邊的手錶，就走出去了。

沒走幾步，只聽得一個年輕的日本女人哇的一聲叫喊，接著我的肩上被五個爪子用勁給扣住了。

我回過身去，那個女人脹紅了臉，嘩嘩的倒出了一大串日文。我看那來人神色兇猛，只知道用一句日文去回她：「聽不懂呢——聽不懂。」

她以為我裝傻，一把將我握在手上的錶給搶了去，那時，我用英文說了：「咦！那是我的錶！」

她也用英文了，叫我：「小偷！」

那時候，她旅行團中的人開始圍了上來。我突然明白了一些事，就想搶回那女人手中的錶來看一看。因為當時話也不大通，順手一把，閃電似的又把那手錶搶了回來，等到大家都要打起來了的時候，證明了一件事——那只錶不是我的，是我錯拿了別人的錶。

難怪叫人小偷。趕快把那只錶雙手奉還，還拚命學日本人向那位小姐鞠躬。

至於我脫下的那只錶呢？明明好好的放在長褲口袋裏。

就因為那批人一直刷牙、一直刷牙，教人看呆了，才下意識的抓錯了別人的錶。

歸還了日本小姐那只屬於她的錶，一直用英文解釋，她不知是懂是不懂。我掏出自己的錶來給她看，想說清楚。這時候，一個圍觀的日本老女人吸一口氣，驚嘆的說：「啊——還拿了另外一只呢。」這句話我聽得懂，脹紅了臉，無以解釋，趕快跑掉了。

等到這一批乘客和我，都在等候著再度上機，向瑞士飛去時，她們一致怒目瞪著我，那種眼光，使人坐立不安。

在沒有法子逃避這群人的注視時，我只有轉身去了機場的禮品店。心中同時在想，那批當我小偷的女人，一定想：「現在她又去偷禮品店啦！」

就在這種窘迫的心理下，胡亂選了一幅印度手工的小掛氈，算作殺時間。

那時，乘客已經登機了。

店主好意要給我一個袋子裝掛氈，為了趕時間，我說不必了，拿起氈子抱在胸前就往飛機的通道跑。

等我在機內穿過那一群群日本女人的座位時，她們緊盯住那條沒有包裝的氈子看，那一霎間，好似又聽到有人悄悄的在說：「小偷、小偷，這一回偷了一條掛氈。」

61……洗臉盆

每次去香港，最最吸引我的地方，絕對不可能是百貨公司。只要有時間，不是在書店，就是在那條有著好多石階的古董街上逛。

古董這種東西，是買不起的，偏偏就有這麼一家舊貨店，擠在古董街上——冒充。

那家舊貨店，專賣廣東收集來的破銅爛鐵。這對我來說，已經很好啦！

那天是跟著我的好朋友，攝影家水禾田一同去逛街的。

水禾田和我，先由書店走起。有些台灣買不到的書籍，塞滿了隨身的背包。不好意思叫水禾田替我拿書，一路走一路的重，那個脊椎骨痛得人流冷汗，可是不肯說出來，免得敗興。

走了好多路，到了那家已經算是常客了的舊貨店，一眼就看中了這只銅臉盆。

那家店主認識我，講價這一關，以前就通過了。開出來的價格那麼合理，可是我的背在痛，實在拿不動了。

那天沒有買什麼，就回旅社去了。

等到回了台灣，想起那只當時沒買的臉盆，心中很氣自己當時沒有堅持只提那麼一下。又怪自己對水禾田那麼客氣做什麼呢。

好了，又去打長途電話，千方百計找到阿水——我對他的稱呼。在電話中千叮萬囑，請他去一趟那家店，把這個洗臉盆帶來台灣。

臉盆，過了幾個月，由阿水給帶來了。我匆匆忙忙跑去接盆，抱著它回家，心中說不出有多麼快樂。

這一份緣，是化來的，並不是隨緣。

有時想想，做和尚的，也化緣呢，可見緣在某些時候還是可結的。

想到金庸武俠中《笑傲江湖》一書裏的那段「金盤洗手」，總覺得這個盆，另有它隱藏的故事。

62 美濃狗碗

照片中的老碗只是代表性的擺了幾只。其實，擁有百個以上呢。

在這幾只碗中，手拉坯的其實只有一個，可是手繪上去的花樣，可絕對不是機器印的。

每當我抱著這種碗回家去，母親總是會說：「這種碗，麵攤子上多得是，好髒，又弄回來了。」

我不理會母親，心裏想：「麵攤子上哪有這麼好看的東西，根本不一樣——如果細心去看。」

前幾年，當我在台灣還開車的時候，但凡有一點空閒，就會往台北縣內的小鎮開去。去了直奔碗店，臉上堆下笑來，祈求那些碗店的主人，可不可以把以前的老碗拿出來給人看看。

這麼收來收去，野心大了，想奔到南部去，南部的老店比較多，說不定可以找到一些好東西。

有一次與兩個朋友去環島，但凡村坊舖店，就停車去找碗，弄得同去的朋友怨天怨地，說腳都沒地方放了。整個車子地下都是碗和盤。

那些不是精選的，要等到回了台北，才去細品它們。在當時，只要有，就全買。照片中左邊那只反扣著的碗來歷很奇特。

環島旅行，那夜住美濃。

夜間睡不著，因為才十一點多鐘。順著美濃鎮內那條大水溝走，穿過一排排點著神明紅燈的老住家，看著一彎新月在天空中高高的掛著，心裏不知多麼的愛戀著這片美麗的鄉土。

走著走著，就在大水溝邊，一隻黑狗對著一只老碗在吃牠的晚飯。

看到那隻狗吃的碗，怎麼樣也不肯舉步，等在黑暗中，等牠吃完了就好拿走。

那隻笨狗，以為有人想搶牠的食物，惡狠狠的上來兇我，露出了尖尖的白牙。

想了一下，守在那兒不是辦法，一來有惡狗，二來主人出來了抓到小偷，不太好看。這麼再一想，橫穿過水溝，跑到鎮上街邊，一家售賣日用品的商店已經下了半道門，大概就算打烊了。

我走進去，指著一只全新的大海碗，付了錢，再慢慢晃回去，那時，和我一同旅行的朋友們早回旅社去了，只我一個人。

再回去時，狗不見了，人沒有出來，那只被舐得光清的老碗，還在。

我蹲下去，快速的把新碗放在原地，那只舊碗被換了過來。也不敢加快步子，心裏嚇得要死，步子還像在散步似的。

走了一段路，才敢回了一次頭。確定安全了，這才在路燈下，蹲在水溝邊，用手掬水，洗起碗來。

回到旅社，又在燈下細細看了。好傢伙，淡青色，還是冰紋的。這一喜非同小可，用力去打三夾板，叫靠隔的朋友過來一同欣喜。

那次環島旅行，跟回來的碗盤多得可以開碗店。有些小型的，拿來當了煙灰缸。

有一日，齊豫到我家裏去，看上了她手中的煙灰缸——我的碗。

分了三只小的給她，那時潘越雲看了，叫起來：「三毛，我也要妳的碗——」

於是我把那些小碗都分了。一面分一面叫：「來！來！還有誰要搶我的飯碗，接了去，這碗飯本人就要不吃了。」

63……擦鞋童

那個孩子不過七、八歲吧。提著一個小木箱，拖住我的腿不給人走路。

我笑看著他，問：「球鞋怎麼能擦呢？你自己想一想？」我穿的，就是一雙球鞋，而這個小孩子偏偏要替人擦皮鞋。

那時我正在玻利維亞的首都——拉巴斯。

小孩子不肯走，用眼淚攻勢，不講話，含著一眶淚死命纏住不放。

「我不理你哦。」我說，輕輕推開他就走。

他又追上來，像打橄欖球一般，往前一撲，又抱住了我的腿。

「再追就踢你了，沒有禮貌的小孩子。」又講了一句，可是語氣根本不重，警告是重的。

「求求妳。」孩子說。

我看了一下四周圍上來的一群群擦鞋童，不敢掏錢只給這一個。這種被飢餓的人群包圍的感覺很令人難過，常常，弄得自己吃頓普通的飯菜，都丟不掉那幾百隻在窗外觀望的眼睛。

玻利維亞其實還算很好的，比較之下。

「孩子，我穿的是球鞋，你怎麼擦嘛？」說時，我在街邊的長椅上坐了下來，不走了。那時，一個賣冰棒的小販走過來，我買了好多支，分給四周的擦鞋兒童們吃。至於錢，就是不能給。

「那我擦妳的鞋圈好了，求求妳。」

「不講理的孩子，你要多少錢呢？」

「一塊美金。」他說。

我不再理他了，自己吃起冰棒來。

等著等著，眼看沒有希望了，這個孩子望了我一眼，丟下一句話：「那妳別走開哦，我馬上回來。」

說完飛跑而去了。

再回來的時候，孩子跑得氣喘喘的，斜揹的擦鞋箱裏，被他拿出來一只可以開合的小盒子。就是照片中那一個。

我「啊」了一聲，接過手來，輕輕把那幢如同小教堂一般的盒子打開來。原先以為，裏面必然是一座聖像或十字架，沒有想到，躲藏在盒子裏的居然是三個人正在觀看一位鬥牛士鬥牛。

這樣東西非常有趣。裏面還有一個太陽呢。

「孩子，你要拿這個來賣給我嗎？」我問。

那個孩子點了一下頭，把擦鞋箱在身邊一放，就蹲在我膝蓋邊。

「那你情願擦鞋圈呢，還是情願賣這個盒子給我呢？」我問。

「妳怎麼想？」小孩居然反問一句。

「我想——盒子比較好，你說呢？」

他立即笑了，笑時露出白白的門牙來。

「嗯，我還在想，這個盒子是你的嗎？」

「我媽媽的，我爸爸的。」孩子自自在在的說。

「好，那你帶我去看你的媽媽。」我說。

「好。」孩子坦蕩蕩的說。

我們一起走了，我的手臂環在孩子的肩上。

走到幾乎出了城，開始爬坡。在那海拔接近四千公尺的世界最高的首都，每走一步，都會喘的，因為不習慣。

爬了好高好高的斜坡，走到一個有著天井的大雜院，裏面一個印地安婦人揹著一個嬰兒蹲在水龍頭邊洗衣服。

見到她的兒子帶了一個外地人來，這婦人立即站了起來，呆望著我，一雙手不安的摸了摸粗粗的麻花辮子。

我走上去，向她打招呼，問說：「是妳的兒子嗎?他要替我擦球鞋呢。」

那婦人很羞澀，連說了好幾聲對不起。

「這個盒子，是妳要賣出來的嗎？」我又問。

婦人點點頭，又點頭。

我笑問她：「那妳想要多少錢呢？」

她也說不出，憨憨厚厚的站在我身邊，頭低低的。

看著這一位印地安婦人，我的心裏掠過一絲似曾相識的溫柔。掏出了口袋中的票子，塞在她手中，她呆在那兒，說不出什麼話。

「那我謝謝妳，小盒子就算買下了。」

再深看了那婦人一眼，我拉起她孩子的手，對他說：「走，我們趕著黃昏以前再進城去，這一回，你可不能弄錯了，那些穿球鞋的遊客，不必上去抱住腳了。」

64 小船Echo號

這隻小船放在櫥窗裏，我每天去郵局，就會經過它。

那時，住在大西洋中一個美麗的海島上，叫做丹娜麗芙。那是先生第一次做「海邊景觀工程」，心情上非常愉快。我們的工程，是做出一大片人造海灘來，給遊客多一個去處。

在那時候，我一直是紮辮子的。全十字港的店舖大半認得我，因為那一帶可以說中國人是極少的。

有一天，又經過這家賣小木娃娃的商店，在裏面逛著逛著，那位店員小姐突然說：「喂，妳看，這個娃娃也綁辮子，跟妳好像。」

我一把將娃娃拿起來，看見船底貼著一小片金色紙，上面寫著：「Made in Taiwan」。發覺是自己故鄉來的東西，這才笑著說：「真的很像。」

那天晚上吃飯，我就去跟先生講這個划船的娃娃，又講了什麼台灣、什麼外銷、什麼東、什麼西的，胡鬧講了好一些閒話，就去床上看書去了。

那一陣我正熱心學做蛋糕，每天下午烤一個出來，自己怕胖不吃，是做來給先生下班吃的。

每天做出不同的蛋糕，變來變去，先生很幸福的樣子，每次都吃得光光的。

就在我講了那個娃娃船沒幾天以後，照例在下午去開烤箱，那個烤箱裏，穩穩的坐著這條船。我抓起來一看，那個娃娃的腳底給畫上了圓點點，小船邊是先生工工整整的字跡，寫著：一九七八——Echo號。

我笑著笑著，用手使勁揉麵粉，再跑到教我做蛋糕的比利時老太太家去，借了一個魚形圖案的模子來。

那一天，先生下班回來時，我也不說什麼，低頭去穿鞋子，說要一個人去散步啦！

那個飯桌上，留著一條好大的魚形蛋糕，旁邊的Echo號靜靜的泊著。

等我從圖書館借了書再走回家時，先生睜大了眼睛對我說：「了不得，這艘小船，釣上來好大一條甜魚，裏面還存著新鮮奶油呢。」

65……鄰居的彩布

這條印度繡花的彩布，原是我一個德國鄰居的。那位太太說，是印度店裏看到好看，才買了下來。可是回到了家裏，東擺擺，西放放，怎麼都不合適。

說時，這條彩布被她丟在洗衣籃子裏面，很委屈的團著。

我將它拉出來，順手摺成一個三角形，往肩上一披，笑問她：「如何？」

她還沒有回答呢，我又把這塊布一抖，在腰上一圍，叫著：「變成裙子啦！」

那個金髮的太太笑著說：「沒有辦法，妳是東方的，這種東西和色彩，只能跟著黑髮的人走，在我家裏它就是不稱。」

我對她說：「這不是拿來做衣服的，不信妳試試看，掛在牆上、披在椅背上、斜放在桌子上，都是好看的。」

「那也是該在妳家。」她說。

於是我拿走了這塊彩布，回到家中。順手一丟，它就是活過來了。圖案上的四隻鳥雀好似在我的家裏唱起歌來。

我跑回去對那位德國太太說：「妳講得真不錯，它在我家很貼切，那就讓給我了吧。」

我們當場交易金錢，於是又多了一樣並不是偶然得來的彩布。

這塊彩布非常有生命力，但凡一個普普通通的家，只要它一出現，氣氛就不同了。

而今，這塊彩布正搭在我現住小樓的一個單人沙發上。

如果說，今生最愛的東西有哪些，我想，大概是書籍和彩布了。

這樣的彩布，大大小小，包括掛氈，一共快有二十條呢。

66……酒袋

照片上的皮酒袋在西班牙也並不是那麼容易買到的。一般來說，另一種軟皮淺咖啡色，上面印著跳舞女人或鬥牛畫面的，在土產店隨處可見。並不愛那種有花的，嫌它太遊客味道。

這種酒袋的用途，往往是在旅行或野餐時沒有杯子的情況下帶去的。當然打獵的季節，或是一場街頭慶典，人和人之間傳著喝，也是它的功用。

要考驗一個人——是不是很西班牙透了的，只看那人如何由酒袋中喝酒，就得二三。

這種酒袋的喝法是如此的：打開蓋子，用雙手將酒袋舉向自己的面前，把手臂完全伸直，用手輕輕一擠，袋中的酒，便如水槍一般射入口中，喝夠了時，將雙手輕輕向外一舉，酒便止了。

初學的人，手臂不敢伸直，酒對不準口腔，往往把整張臉加上衣服前襟，都弄溼了，還喝不到一口。在用酒袋的技術上，我是前者。

之所以半生好酒，和西班牙脫不了關係。

學生時代，住在馬德里大學城的書院，每日中午坐車回宿舍用午餐時，桌上的葡萄酒是不限制的。在那個國家裏，只喝白水的人可以說沒有。一般人亦不喝烈酒，但是健康的紅酒、白酒是神父和修女，甚至小孩子也喝的東西。

就是這種自然而然的環境，使我學會了喝酒，而且樂此不疲，也不會醉的。

有一次在宿舍電視上觀看七月七日西班牙的大節慶——北部古老的城市巴布隆納舉行的聖·費明。那一日，雄壯的公牛，被趕到街上去撞人，人群呀，在那批發瘋的牛面前狂跑。如果被牛角頂死了，或被踩傷了，都是活該。

也是在那場電視裏，第一次看見，滿街唱歌的、跳舞的，在擠擠嚷嚷的人群裏，傳遞著這種酒袋。認識、不認識，一點也沒關係，大家喝酒並不碰到嘴唇，方便、有趣又衛生。深愛西班牙民族的那份瘋狂和親熱，人與人的關係，只看那一只只你也喝、我也喝的酒袋，就是最好的說明。

電視上看到的酒袋，全是又古又老，黑漆漆的，而土產店中找不到這種東西。

有一年，還是做學生的時代，月底姐姐給寄來了十塊美金。收到那筆意外的財產——對，叫它財產，趕快跑去百貨公司看裙子。當年，對於一個窮學生來說，十塊美金可以做許多事情，例如說：買一條裙子、換一個皮包、去做一趟短程的旅行，或者用它來拔掉一顆長斜了的智齒。

結果沒有去拔牙，忍著。也沒有買新衣服，省著。當然，拿了這十塊錢，坐火車，奔向古城賽歌維亞，做了一日之遊。

就在賽歌維亞的老廣場上，掛著這好多只黑色的酒袋。驚見它那麼容易的出現在眼前，真有些不能相信。那時候年紀輕，對什麼都比較執著，再看繞著酒袋的竟是一股粗麻繩時，愛悅之心又加了許多，立意要把它買下來。

買個酒袋也不是那麼簡單的。付完了錢，店主把人叫進店裏面去，開始教我怎麼保養它，說，先得用白蘭地酒給倒進去，不停的晃很久很久，再把酒倒出來——那時裏面塞縫的膠也可以跟著洗乾淨了。以後的日子，無論喝是不喝，總得注滿了葡萄酒，那酒袋才不會乾。

買下了酒袋，吃了一點東西，沒了回程的車錢。這倒也很容易，那天傍晚，坐在一輛大卡車司機的位子旁回到馬德里——搭便車的。

許多許多年過去了，這個皮酒袋總是被照顧得很當心。即使人去旅行時，放在西班牙家中的它，總也注滿了酒掛在牆上。

倒是這一次回到台灣來之後，一直讓跟回來的它乾乾的躺在箱子裏。總想，有時間時，上街買一瓶好葡萄酒去浸軟它，而時間一直不夠用，這個應當可以用一輩子的東西，竟在自己的國土上，一日一日乾扁下去。就如我的人一般，在這兒，酒也不大喝了，因為那種苦苦澀澀的葡萄酒並不好找。在這兒，一般人喝的葡萄酒，不是太甜就是酸的。

由一個酒袋，幾乎想扯出另一篇〈酒經〉來。

每看台灣電視上，大富人家喝洋酒時，將杯子用錯，心裏總有一絲好奇和驚訝——我們的崇洋心理不減，可是又不夠透呀。

67……媽媽的心

去年春天，我在美國西雅圖附近上學，聽說住在台灣的父母去泰國旅行，這一急，趕快撥了長途電話。

泰國其實全家人都去過，因為它的異國風情太美，總有人一有機會就去走一趟。我的父母也不是第一次去，可是他們那一回要去的是清邁。

照片中的項圈在台北就有得買，只是價格貴了很多。看了幾次都沒捨得買，倒是齊豫，唱《回聲》的她，在台灣南部一同旅行時，很慷慨的借了好幾次給我掛。那是前年，赴美之前的事情了。

聽說媽媽要去清邁，那兒正好是這種項圈出產的地方，當然急著請求她一定要為我買回來，而且要多買幾副好放著送人。

長途電話中，做女兒的細細解釋項圈的式樣，做母親的努力想像，講了好久好久，媽媽說她大概懂了。

啟程之前，母親為著這個託付，又打了長途電話來，這一回由她形容，我修正，一個電話又講了好久好久。

等到父母由泰國回來了時，我又打電話去問買了沒有，媽媽說買了三副，很好看又便宜，比台北價格便宜了十八倍以上，言下十分得意，接著她又形容了一遍，果然是我要的那種。

沒過幾天，不放心，又打電話去告訴媽媽：這三副項圈最好藏起來，不要給家中其他的女人看到搶走了。媽媽一聽很緊張，立即保證一定密藏起來，等我六月回來時再看。

過了一陣，母親節到了，我寄了一張卡片送給偉大的母親，又等待在當天，打電話去祝福、感謝我的好媽媽。正想著呢，台灣那邊的電話卻來了，我叫喊：「母親節快樂！」那邊的聲音好似做錯了事情一樣，說：「妹妹，項圈被姆媽藏得太好了，現在怎麼找都找不到，人老了，容易忘記，反正無論如何是找不到了——」

我一急，也不知體諒人，就在電話裏說：「妳是個最偉大的媽媽，記性差些也不要緊，可是如果妳找得出那些項圈來，一定更有成就感，快快去想呀——」

那幾天，為了這三副項圈，彼此又打了好幾回電話，直到有一天清晨，母親喜出望外的電話驚醒了我，說：找到了。

「好，那妳再去小心藏起來，不要給別人搶去，下個月就回來了。」我跟母親說。

等我回到台灣來時，放下行李，立刻向母親喊：「來看，拿出來給看看，我的項圈——」

聽見我討東西，母親輕叫一聲，很緊張的往她臥室走，口中自言自語：「完了！完了！又忘了這一回藏在什麼地方。」

父親看著這一場家庭喜劇，笑著說：「本來是很便宜就買來的東西，給妳們兩個長途電話打來打去，價格當然跟著亂漲，現在算算，這個電話費，在台北可以買上十個了。」

說時，媽媽抱著一個椅墊套出來，笑得像小孩子一樣，掏出來三副碰得叮叮響的東西。

我立即把其中的一副寄了去美國，給了我的以色列朋友阿雅拉，另外兩副恰好存下來拍照片。

上兩個月吧，新象藝術中心又叫人去開會，再三商討歌舞劇《棋王》的劇本。我穿了一件大毛衣，掛上這條項圈，把另一個放在大信封裏。

當我見到擔任《棋王》歌舞編排的茀勞倫斯．華倫時，我把信封遞上去嚇她，果然給了這位美麗的女子好一個驚喜。當她上來親吻我道謝時，我將外套一拉，露出自己戴著的一條，笑喊著：「我們兩個一樣的。」

茀勞倫斯指著我的大毛衣笑說：「妳看妳自己，好不好玩？」

一看自己，毛衣上織著——「堪薩斯城．美國」幾個大字。那條清邁的項圈安安穩穩的貼在圓領衣服上，下面的牛仔褲買自士林，長筒靴來處是西班牙，那個大皮包——哥斯大黎加，那件大外套，巴黎的。一場世界大拼盤，也可以說，它們交織得那麼和諧又安然，這就是個我吧。

只留了一條下面鑄成心形的項圈給自己，那是媽媽給的心，只能是屬於孩子的。

68 不向手工說再見

我們先看這張照片下面的那條粗麻淡色寬帶子——它的來處，是西班牙南部的哈恩省。這種帶子，完全手工織做的，用來綁在驢子的身上，由驢背繞到驢肚子，中間穿過一個鞍子，給人騎時安穩些，不會滑來滑去。

當我那一年，由撒哈拉沙漠飛去丈夫的舅舅家度假時，吵著舅舅帶我去看這種做馬鞍、驢鞍的工匠店。舅舅笑著說，這種店舖實在等於沒有了，在一般人都開汽車的今天，誰會去養一匹馬或驢子來馱東西呢。

禁不起我的糾纏，那個好舅舅帶著我到一個又一個酒吧去喝酒，一面喝一面打聽什麼地方還有這種匠人。半大不小的城裏，打聽消息最好的方法就是去酒吧。在那兒，什麼事情都有人曉得，比報紙的廣告有效得多。

彎來彎去繞到黃昏，才在一條塗得雪白的長牆角下，找到了一家半開的店舖。說它是個店舖吧，不如說是一家工作室。一個彎著腰的黑衣老人，坐在門口，手中拿著好結實的麻線，不用機器，一針一針在釘這種帶子，好似早年的中國人納布鞋底一般。

我遠遠的站住了腳，把那白牆、小店和老人，看了個夠，卻不舉照相機。舅舅和我站著看，這個匠人低低的喊了一聲：「午安！」

看那牆上掛滿了的手工品，想到那位偉大的散文詩作家——璜拉蒙．希美納斯的那本教人一讀首篇就會哭的書——《灰毛驢與我》，我輕輕的摸過一副皮革的小鞍子，眼前一匹溫柔的小毛驢就浮現出來了。

「這副鞍子可不可以賣給我？大概多少錢？」緩緩的問，儘可能的柔和，對待這位老人。說時，一直看他那雙粗糙極了的手。

「啊——不賣的，這是今生最後一副了。老了，做不動了。」老人沙啞的說，並不抬頭。

「沒有人跟您學手藝嗎？」我說。

「這個時代？難！年輕人學這個做什麼？」

「那您收不收我做徒弟？好心的，您收不收？」我蹲在這老人面前輕喊起來，雙手撲在他的膝蓋上。

老人聽不懂似的盯住我，眼神裏有一絲強烈的東西一閃，又不見了。接著他將視線投射到我的手上去。

「我的手很細，可是能夠訓練的，我會吃苦，肯吃苦，也會有耐性，您收不收呀？」還是趴在這位老人面前不肯起來。

舅舅在一旁看戲，他一直笑一直笑，我回過身去，向胖胖的他——呀了一聲。

「好啦！起來吧！我們買一條這種帶子，就走囉！」舅舅說。老人，拿下了照片中這條帶子，沒有叫我付錢，一定不肯收錢，說要送給我。

「我——」我說不出什麼話來。

「在這種時代，還有妳這麼愛手工的人，就算做個朋友吧！錢！算什麼鬼東西，呸！」老人說著說著，把一口菸草給呸了出來。

那個晚上，我的丈夫也來到了舅舅家，來接我同去馬德里。把這條帶子給他看，又講起那副漂亮得令人心痛的馬鞍，這一回輪到丈夫喊了：「明天再去問他收不收徒弟，我們兩個一起去學，免得這種手藝失傳了。」

同一張照片上擺著的一條皮帶，是我在撒哈拉沙漠中閒時無聊做的手工。原先買來的本是一條寬皮帶，邊上有著花紋。後來閒著不忙，心裏不舒服，就託人去西班牙本土買了好大一包打皮鞋洞的銅扣，把這條皮帶打出了好多小洞洞。那個皮帶銅扣，是先做木頭的模，再蓋上銅片，把花紋打出來的。這個，是丈夫的手工。

做好了皮帶之後，沒怎麼用它，也沒有丟掉。許多年也就過去了。

有一日，我的鄰居送來一個好大的牛鈴，是他以前在瑞士時存下的東西。十分寶愛這件禮物，東擺擺，西放放，家中總也找不到一個貼切的角落給它。

就在一個深夜裏，翻箱子，翻出了那條當年手做的老皮帶，這時靈機一動，跑到車房中去找工具，把皮帶環的一邊捲過牛鈴，成了一副帶子。這副帶子順手一掛掛在書架上，就成了一個好畫面。

這一回，照片上的東西都跟著我飄洋過海地回到了台灣，它們好似整個世界的融合，在我小小的屋子裏，訴說著不分國籍、不分種族的那份平和之愛。

69……天衣無縫

朋友常常笑我，說我的家等於卡夫卡書中的「城堡」，輕易不請人去。可說永遠也不給人進去，總結一句話：「管得好緊。」

每聽這種話，總是笑著說：「嗳，沒有碗給你們吃飯呀！」

等到有一次由民生東路的房子移到現在定居的家來時，搬家工人對我說：「小姐，妳的碗怎麼那麼多呀？才一個人。」方才發覺，自己的碗盤實在太多了，如果客人肯用這種粗碗吃飯，請上十幾二十個人根本沒有問題。

奇怪的是，一直把這些東西看成寶貝，反而忽略了它們的實用價值。這就失之太癡，也不合自然。

後來家居生活中，開始用這種老碗裝菜裝飯，每用到它們，心裏會對自己說：「真奢侈。」那種碗，最好不放白米，加些番薯籤進去煮來盛，可能更富田園風味。

就在一個冬天的晚上，想到小攤子上的肉羹麵線，深夜裏捧了這個大碗，穿一雙木屐，把整條安靜的巷子踏出卡卡、卡卡的回音，跑到好遠的夜市去買麵。當我把這種大花碗遞給老闆娘時，她笑著說：「呀唷！小姐，我這保麗龍做的碗沒有細菌啦，妳這種古早碗，看起來就怕死人呢。」

我捧著那碗冒著熱氣的麵線，又一路卡卡、卡卡的走回來。那條巷子，因為加添了這唯一的拖板聲，反而更加襯出它的寂靜。

照片中的左上方那個藍花大碗，是在淡水的鍋碗店裏找到的。那家店陳設的氣派很大，由裏而外，放滿了各色各樣的食具——都是現代的。幸好那位老闆娘大發慈心，也具文化水準，溝通起來又快又乾脆。她，蹲在櫃子底下拚命的替我翻，翻出了十幾只同樣的老碗來。說是同樣的並不精確，當年，那些花彩可是手繪的，看似相同，其實細看上去，又沒有一只是一樣的。也因為這十幾只老碗，使我和這家人做了朋友，每去淡水，必然去打個招呼，問候一聲才走。

有趣的是，有一年回國，跑到台南新營去看朋友，朋友問我想看什麼景色，我說——要看最老的鍋碗店，風景不必了。

右下方那一個平平的盤子，就在新營的老店裏被朋友和我翻箱倒櫃似的大搜索之下，出現了。不是一個，是一疊。

回到台北，把這兩組粗陶放在一起，突然發覺它們可以說是天衣無縫的一套。

有那麼偶爾的一次，一個女友來我家中做採訪，我把這種碗裏放滿了冰塊出來，請她在紅茶中加冰。這個女友，看見那個碗，大大的羨慕了我一場，臨走時，她說：「如果我結婚，什麼禮物都不必送，就給我這一套碗和盤。」

當時愛友心切，很希望她快快找到歸宿，就說：「那妳去進行呀！妳結婚，就送了。」

自此以後，每次跟這位朋友打電話，總是探問她有沒有好消息。朋友說：「咦！我不急，妳急什麼？」

我哪裏是急什麼別人的婚禮呢。所擔心的是，那個女友一旦找到了飯票時，這套碗可得立即送去給她裝飯呀！

70……停

有一年夏天回國，全家人一共十六口，擠在大弟的小巴士車裏去淡水吃海鮮。團體行動本來就是拖拖拉拉的，加上我們這十幾個人年紀不同，步子跨得不一樣，興趣也不相投，因此走著走著，就散掉了。

說散掉了並不完全正確，反正水果行附近可以撿到媽媽、草藤店內能夠拉出姐姐、西裝櫥窗外站著爸爸、街角稍高的地方可以看見大弟滿臉的無可奈何——在數人。

我是屬於站在中藥舖或者算命攤前面呆看的那種。不然就在廟口打香腸。

這種天倫之樂，其實並不在於團聚，而是到了某個地方，散開去各就各位才叫好玩。

就在好不容易湊齊了大家，要一起衝進那人山人海的海鮮店內去時，大弟開始發衛生筷，我接了筷子，一回頭，看見路燈下一輛三個輪子的垃圾車慢慢踏過。那片破爛裏，藏著什麼好東西？心裏靈感一動，就想追上去看個究竟。

那時家人都開始向店裏擠進去了。

我跑去追破爛車，大喊一聲：「停！」

這個好響的「停」字，一語雙用，是對那個踏車子的婦人喊，也對全家人喊的。

「阿巴桑，請把車子停下來，來，我幫妳推到路邊去。」我向已經下車了的婦人喊。她，茫茫然的，不知擋住了她做什麼。

車子才靠邊停呢，我已經把那些廢紙盒、破木箱、爛鞋子、舊水桶全都給拉到地上去。伸手一拿，一個陶土甕，落在我的手裏。

「還有很多——」我對跟上來的弟妹說。

弟妹把小姪女往電線杆邊一放，也上來幫忙淘。大弟氣極了，追過來喊：「這麼髒的東西，別想用我的車子裝回去。」

我們這些女人哪裏管他，一個甕又一個甕的淘，數了一下，一共十一個，大大小小的。

這時候，街上的年輕人也圍上來了，我一急，就喊：「都是我們的，不許動！」

就有一個青色的小甕，被一個陌生女子一把搶去了。我把它搶回來，說：「這個那麼髒，妳要它來做什麼？」她說：「插花呀！」我說：「可是那是我先看到的。」

這時候，真恨我的家人只在一邊觀望，只有個小弟妹，伶牙利爪的，護著我。

大弟神經兮兮的說：「骨灰罈子——好怕、好怕。」我白了他一眼。

就這麼一來，連水果店的老闆也跑出來看熱鬧。我問這個拾破爛的婦人：「這些甕一起買，多少錢？」

那婦人一時裏也開不出價來。我怕旁邊的人又來競爭，按住婦人的肩膀，推她，迫她：

「快想啦！不會還價，一定給妳。」

她笑得好羞澀，說：「一百塊不知多不多？也有人向我買過，十塊錢一個。」

大弟掏出一百二十塊塞給這好心的婦人，我覺得佔了她便宜，心裏很歉疚，連忙跑到水果店裏買了好大一袋橘子補上去。

婦人和我，彼此千恩萬謝的，我替她再把那些破爛給堆上車，幫她推一把，她才走了。

「好！妳現在是不是拿了這些爛罈子去擠海鮮店？」大弟板著臉。我不敢頂他，陪著笑臉，把這些甕給寄到水果行去，保證吃了飯出來，一定再去買水果。

那個晚上，全家人走向停車位子去時，每個大人手裏都舉著一個好髒的甕和一袋水果。

那十一個甕，被家中女人們瓜分了。我們家，一向女人比男人膽子大得太多。男人硬說那可能是裝骨灰的，女人堅持不過是泡菜。

這一回，寫文章時，樓上樓下數了一回，我的收藏不多，不過二十三個普普通通的泡菜罈子，可是看來看去，怎麼那樣的古樸又大方呢？

圖片中的這個中號甕，是淡水那個「停」字之下，得來的。拿它出來做代表。細看它左方的側面，一塊無意中的窯變，使得這個罈子凹進去了一小塊，這份殘缺，不但無損，反而使它更美。

如果要說有關甕的欣賞，只這家中二十三只不同的甕，可能三天三夜也看不夠、說不完呢。

71 你的那雙眼睛

一九八二年冬天，經過北極，轉飛溫哥華，經過溫哥華，抵達了大約生存著一千兩百萬人口的墨西哥城。

初抵墨西哥的大都會，又可以講西班牙語，心情上歡喜得發狂，因為不需再用英語了。

對於某些女人來說，墨西哥風味的衣飾可能完全不能適合於她們。可是在台灣，就齊豫和我來說，這種民族風味的東西，好似是為我們定做的一樣。

抵達墨西哥，不過是一場長程旅行的首站，以後全部中南美洲都得慢慢去走。而我，身為一個女人，完全忘掉了這場長途旅行絕對不可以犯的禁忌，就是買東西。

當我走在墨西哥城內所謂的「玫瑰區」時，被那些披風、襯衫、裙子、氈子弄得發狂，一心只想儘可能的買個夠，至於能不能帶著走，誰又去想它呢。

於是，我在掛著布料的小攤子之間穿梭，好似夢遊一般東摸摸、西探探，迷惑在全然的幸福裏。這種滋味，在一般百貨公司陳列的衣物中，是找不到的。

好在買的衣物不是棉的就是麻的，它們可以摺成很小，也耐得住縐。買了一大包東西，不死心，再跑到簾子後面去試一件襯衫。當我穿好衣服，拉開布幔，跑去照鏡子的時候，一雙深奧含悲的大眼睛，從鏡子裏注視著我。

我轉身，看見了那個專賣銅器的攤位，在那攤位邊，坐著一個看上去十七、八歲的少年。我盯住他看，眼神交錯了一下，彼此笑了笑，可是即使是微笑著，那個少年的黑眼睛裏，還是藏著深悲。

他的攤子，完全沒有一個人駐腳。

看了一下那堆銅器，打量了一下它們的體積，計算了一下行李的空間，這，就狠心不去看他了。不行，再怎麼美吧，也不能買。太佔地方了，除非把剛剛買下的衣服全都丟掉。

少年的那雙眼神，在那半年艱苦的中南美之旅中，沒有釋放過我。只因沒有買下那個攤子上的銅器，使我背負了那麼重的歉疚感一站一站的走下去。

半年之後，旅行已到尾聲，重新回到墨西哥城去轉機回台。我發覺，如果咬一咬牙，手提行李還可以再加一、兩樣東西。

就這麼歡天喜地的往「玫瑰區」奔去。半年了，那個攤子還在，那雙少年的眼睛，一樣含悲。我挑了兩只紫銅的壺，沒有講價，快快的把錢交給這個少年。那時，我的心，終於得到了一點點自由。我走了，走時，忍不住回過頭去，再看他一次。這一回，他的那雙眼睛，仍然躲著一種悲傷，於是我想，他的哀愁，和買賣一點關係也沒有。

就因為這一回頭，反而更難過了。

72 鄉愁

二十年前出國的時候，一個女友交在我手中三隻紮成一團的牛鈴。在那個時代裏，沒有什麼人看重鄉土的東西。還記得，當年的台北也沒有成衣賣。要衣服穿，就得去洋裁店。拿著剪好的料子，坐在小板凳上翻那一本本美國雜誌，看中了的款式，就請裁縫給做，而鈕扣，也得自己去城裏配。那是一個相當崇洋的時代，也因為，那時台灣有的東西不多。

當我接過照片左方的那一串牛鈴時，問女友哪裏弄來的，她說是鄉下拿來的東西，要我帶著它走。搖搖那串鈴，它們響得並不清脆，好似有什麼東西卡在喉嚨裏似的，一碰它們，就咯咯的響上那麼一會兒。

將這串東西當成了一把故鄉的泥土，它也許不夠芳香也不夠肥沃，可是有，總比沒有好。就把它帶了許多年，擱在箱子裏，沒怎麼特別理會它。

等我到了沙漠的時候，丈夫發覺了這串鈴，拿在手中把玩了很久，我看他好似很喜歡這串東西的造型，將這三個鈴鐺，穿在鑰匙圈上，從此一直跟住了他。

以後我們家中有過風鈴和竹條鈴，都只掛了一陣就取下來了。

居住的地區一向風大，那些鈴啊，不停的亂響，聽著只覺吵鬧。不如沒風的地方，偶爾有風吹來，細細碎碎的灑下一些音符，那種偶爾才得的喜悅，是不同凡響的。

以後又買過成串成串的西班牙鈴鐺，它們發出的聲音更不好，比咳嗽還要難聽，就只有掛著當裝飾，並不去聽它們。

一次我們住在西非奈及利亞，在那物質上吃苦，精神上亦極苦的日子裏，簡直找不到任何使人快樂的力量。當時，丈夫日也做、夜也做，公司偏偏賴帳不給，我看在眼裏心疼極了，心疼丈夫，反而歇斯底里的找他吵架。那一陣，兩個人吵了又好，好了又吵，最後常常抱頭痛哭，不知前途在哪裏，而經濟情況一日壞似一日，那個該下地獄去的公司，就是硬吃人薪水還扣了護照。

這個故事，寫在一篇叫做〈五月花〉的中篇小說中去，好像集在《溫柔的夜》（註：此為舊版《三毛全集》書名，收入新版《三毛典藏》系列《稻草人的微笑》中）這本書裏，在此不再重複了。

就在那樣沮喪的心情下，有一天丈夫回來，給了我照片右方那兩個好似長著爪子一樣的鈴。我坐在帳子裏，接過這雙鈴，也不想去搖它們，只是漠漠然。

丈夫對我說：「聽聽它們有多好，妳聽——」接著他把鈴鐺輕輕一搖。那一聲微小的鈴聲，好似一陣微風細雨吹拂過乾裂的大地，一絲又一絲餘音，繞著心房打轉。方要沒了，丈夫又輕輕一晃，那是今生沒有聽過的一種清脆入谷的神音，聽著、聽著，心裏積壓了很久的鬱悶這才變作一片湖水，將胸口那堵住的牆，給化了。

這兩個鈴鐺，是丈夫在工地裏向一個奈及利亞工人換來的，用一把牛骨柄的刀。

丈夫沒有什麼東西，除了那把不離身的刀子。唯一心愛的寶貝，為了使妻子快樂，換取了那個鈴。那是一把好刀，那是兩個天下最神秘的銅鈴。

有一年，我回台灣來教書，一個學生拿了一大把銅鈴來叫我挑。我微笑著一個一個試，最後挑了一個相當不錯的。之後，把那兩個奈及利亞的銅鈴和這一個中國鈴，用紅線穿在一起。每當深夜回家的時候，門一開就會輕輕碰到它們。我的家，雖然歸去時沒有燈火迎接，卻有了聲音，而那聲音裏，唱的是：「我愛著妳。」

至於左邊那一串被女友當成鄉愁給我的三個銅鈴，而今的土產、禮品店，正有大批新新的在賣。而我的鄉愁，經過了萬水千山之後，卻覺得，它們來自四面八方，那份滄桑，能不能只用這片腳踏的泥土就可以彌補，倒是一個大大的問號了。

73 血象牙

好啦！千等萬等，這副血色象牙手鐲總算出現了。它在我的飾物中佔著極珍愛的一環，有一陣為了怕小偷來偷它，睡覺時都給戴在手上不肯脫下來。

照片，在一般來說，往往比實物來得美麗。這一回照片說了謊，那份光澤、觸感、細膩的紋路，甚而銀鑲的那個接頭，在真實的物件裏，勝於照片傳達的美太多太多。

我有一個朋友，是迦納利群島上最大的古董商，他不是西班牙人，倒是個印度人。

這個人，與其稱他商人，不如叫他是個藝術品的狂人。在他的店中，陳列著的一些古董並不起眼，或說，他根本不把極品拿出來給人看。這位胖胖的中年朋友，只聽見歐洲哪兒要舉行拍賣會，他就飛去。回來時，如果問收穫，他總是笑笑，說沒收到什麼。

可貴的是，這個朋友，對於我那麼那麼貧窮的收藏，也不存輕慢之心。只要得了一個破爛貨，拿去他店裏分享，他總是戴起眼鏡來，用手摸摸，拿到鼻尖的距離去看看，然後告訴我——又得了一樣不錯的東西。

我之喜歡他，也是這份分享秘密的喜悅。

終有一回，朋友關了店，將我帶到他的家裏去。家，在古老、古老區域的一幢三層樓房裏，那幢房子的本身，就是一件藝術品。一個房間的屋頂全是玻璃的，陽光透過玻璃，照著一座座文藝復興時代的石像、巨大如同拱門的象牙、滿盤的紫水晶、滿架中古世紀的泥金書籍，滿地的中國大瓷花瓶、水晶吊燈、全套古老的銀器、幾百串不同寶石的玫瑰唸珠、幾百幅手織的巨大掛氈、可以用手搖出一百多條曲子的大型音樂箱、大理石的拼花桌、兩百多座古老的鐘、滿牆的義大利浮雕……

這些東西，被這位終生不結婚的怪人藏在這一幢寬闊的樓房裏。忘了說，他還有文藝復興時代的偉大畫家拉法爾的油畫。

當我踮起腳尖在這座迷宮裏當當心心的走過時，幾乎要把雙手也合在胸前，才不會碰觸到那堆得滿坑滿谷的精品。

也只有那一回，起過壞心眼，想拚命去引誘這個人，嫁給他，等他死了，這些東西可以全是我的。後來想想，這個人精明厲害，做朋友最是和氣，萬一給他知道我的企圖，可能先被毒死。

總而言之，我們維持著一種良好的古董關係，每次進城去，只要這位印度朋友又多了什麼寶貝，兩個人一定一起欣賞、談論大半天。

去年夏天，我回到島上去賣房子，賣好了房子，自然想念著這位朋友，去店裏看他時，彼此已有三年沒見面了。

我們親切的擁抱了好一會兒，也不等話家常，這位朋友拿出身上的鑰匙去開櫃檯後面一個鎖住的保險箱，同時笑著說：「有一樣東西，等著妳來，已經很久了。」

當他，把這副血色的象牙手鐲交在我的手裏時，我的心劇烈的跳動起來，而面上不動聲色。摸觸著它時，一種潤滑又深厚的感覺傳過手指，麻到心裏去。

「銀絆扣是新的，象牙是副老的，對不對？」我問。

那個店主笑著說：「好眼力。妳買下吧。」

我注視著那副對我手腕來說仍是太大了的手鐲，將它套上去又滑出來，放在手中把玩，捨不得離去。

「值多少？」其實問得很笨。這種東西，是無價的，說它一文不值，它就一文不值。如果要我轉賣，又根本沒有可能。

「象牙的血色怎麼上去的？」我問。

「陪葬的嘛！印度死人不是完全燒掉的，早年也有土葬，那是屍體裏的血，長年積下來，被象牙吸進去了。」

「騙鬼！」我笑了起來。

「你們中國的玉手環不是也要帶上那一抹紅，才值錢，總說是陪葬的。」

哪裏管它陪不陪葬呢，只要心裏喜歡，就好。

那天，我們沒有討價還價，寫了一張支票給這位朋友，他看了往抽屜裏一丟，雙方握了一次重重的手——成交了。

最近在台灣給一個女友看這副精品，朋友說，那是象牙的根部，所以變成血色了。

這倒使我想起另一樁事情來，當我拔牙的時候，牙根上，就不是血色的。這又能證明了象牙的什麼呢？

74 不約大醉俠

如果說，朋友的來去，全靠緣分，那麼今生最沒有一絲強求意味的朋友，就算蔡志忠了。

當蔡志忠還在做大醉俠的時代，我們曾經因為一場機緣，在電話裏講過一次話。那次是他打電話找人，我代接了，對方叫我也一同去吃晚飯，說，是他本人蔡志忠請客。

是好幾年前的往事了。那天沒有時間去，對於這位漫畫作家，就此緣慳一面。

雖然彼此擁有一些共同的朋友，可是並沒有刻意想過去認識。總認為：該來的朋友，時間到了自然而來，該去的朋友，勉強得如果吃力，不如算了。

抱著這種無為而治的心情去對待人際關係，發覺，那是再好不過。不執著於任何人事，反倒放心。

就這樣過了好幾年。每在國內時，翻到蔡志忠的漫畫，就去看看，想——某年某月某一天，曾經跟這位作者通過話——心裏很快樂。

去年吧，蔡志忠的漫畫書——《自然的簫聲——莊子說》悄悄的跑到我的書架上來。在封面裏，蔡志忠畫了一張漫畫，又寫了：「請三毛，多多多多多多……指教。」

發現他用這種漫畫形式表達我心摯愛的哲人，先是一喜。再看見這麼謙虛又極有趣的「多多多多多多……指教」，心裏感動。

打了電話去謝蔡志忠，那是第二次跟他講話，最後異口同聲的說：「我們絕對不刻意約定時間地點見面，一定不約，只看緣分。」

就此真的沒有約過。

約的就是——不約。

沒過了幾天，我回家，母親奔出來迎接，像孩子一般喊著：「快來看，蔡志忠請人送來一個好古怪的罈子，還附帶送來了一大把長長的樹枝，媽媽是看不懂，不過妳一定喜歡的。」

我往餐廳跑去，桌上放的，正是一只深喜的老甕，不是普通的那種。我繞著它看了個夠，驚嘆一聲：「哦——窯變——」

媽媽說：「這只罈子扭來扭去的，一定不是平凡的東西，妳說呢？」

我對媽媽一笑，說：「從此以後，當心小偷！」說完衝去打電話給蔡志忠，說不出有多感謝。他那邊，淡淡的，只說：「喜歡就好。」

當我們全家人都欣賞過了這只帶給我巨大快樂的甕時，還是沒有見過送甕的主人。

當插在甕裏的那一叢銀杏已經開始發芽了的時候，都沒有再打電話去騷擾過這位忙碌的畫家。那時候，他的《列子說》也開始在《皇冠》連載了。

我當當心心的守住雙方的約定——隨緣。

一天，有事跑到「皇冠藝文中心」去。由四樓下來時，想到畫廊就在三樓，順路下去看看在做什麼展出。當我跨進畫廊時，那個能幹的黃慈美經理背著入口坐著，她正跟一個頭髮長長的青年很專心的說話。

當我看了一眼那個青年時，發覺，眼前的人正是不約而遇的蔡志忠，而他，也突然看見我的出現，兩個人嘩一下同時跳了起來，我尖叫一聲他的名字，用手向他一指，好似正要出招，而人還跳在半空中。

就在同時，立即聽見另一聲慘叫，那個背著我而坐的黃慈美，意外受嚇，人先往後倒去，緊接著再撲向桌前，捂住胸口，眼看就要嚇昏過去。

我無法向黃慈美解釋這一切的來龍去脈，她並不知道蔡志忠和我，講好了是只碰，不約的。這一回，老天叫我們不約而遇，我那個尖叫，出於自然，而且非常漫畫。

蔡志忠和我的見面，加上黃慈美的居中大驚，使我笑痛了全身。漫畫大師的出場，筆墨無以形容，只有漫畫能夠畫出那份效果。

前幾天，為著蔡志忠的畫和我的兒童詩配合展出，去了一次他的工作室。在那品味和格調都跟我個人家居佈置十分接近的房子裏，悄悄的觀察了一下——發覺蔡志忠將他最好的一只甕，送給了我。

這一來，對於他的慷慨，反而使我因之又感激又愧疚。

這位朋友，當是我的好榜樣。

雖然這麼說，這只美甕，還是當成性命一樣寶愛著，無論怎麼說，都不會學蔡志忠，將它送給任何人。

蔡志忠，多謝多謝多謝。多謝、多謝。

75 華陶窯

當我小睡醒來的時候，發覺這輛小貨車正行走在河床的亂石堆裏。我坐起來看窗外，只見乾乾的河床前，繞著一條泥巴路。

同去的朋友見我在後座撐起來，就說：「對不起，路這麼顛，把妳顛醒了。」

我問說：「我們在哪裏？」他說在苗栗。

那一路，是由嘉義上來的，當天回台北。

我問這位朋友：「你的車子如果發不動了怎麼辦？」那時天色近晚，微雨，微寒。而我們的車，正在涉過一片水塘又一片水塘。

「那個窯場，真的值得去看嗎？」說時我已累了。朋友很有把握的說：「去了就曉得。」

我們終於爬出了低地河床，進入一片如詩如畫的鄉間裏去，那雨水，把一切給蒙上了輕紗。我完全醒了，貪心鬼似的把這景色給看到心裏去，並不必舉照相機。

這兒是苗栗的鄉間，只不過距離台北那麼一點點路，就連大地和空氣，都是不同。

沿途中，朋友下車，去搬一只向農家買下的風鼓——用來打稻米的老農具。車子怎麼樣也擠不下。我們淋著雨，一試再試，都沒有可能，在這種情形下，我的累，又發散了出來，對於那個要去的窯，也失去了盼望。

等到車子往山坡上開去，遠遠的鄉間被我們丟在背後，一條平滑的柏油路轉著山腰把我們往上升，那時，一片片樸素的灰瓦房這才落入眼前。大門處，寫著一個好大的牌子。

入山的時候，一邊的路肩，交給了花壇和紅磚，一路上去，只見那人工的樸質，一種可喜的野趣，又帶著一絲人文背景，自成一個山莊。窯，就到了。

窯，造在山坡上，廠房寬敞極了，四周全是架子。兩面大木窗，將鄉間景色，居高臨下的給佔了下來，那些人，生活在畫裏——做陶。

高高的廠房裏，那份清靜，好似不在人間。一個老師傅坐著，正用泥巴做好大的花瓶，一個女孩子，在另一邊站著，她做小件的，在一個大檯面上。

見到我們的去，年輕女孩把泥巴一推，含笑迎上來。她，畫裏的女子，長長頭髮，樸素的一條恤衫，一條長褲，脂粉不施，眉目間，清純得有如一片春天裏寂靜的風景。

那個雨中的黃昏，就是閒靜兩字可得。

我們看了一下四周，好似苗栗一帶的民俗品都被這一家人收了來。大大的花壇，成排的石臼，看似漫不經心的散放在空地上，細心人輕輕觀察，也可知道主人的那份典雅之心。

大窗下，可以坐人，那個叫做美華的女子，安詳的提來一壺水，開始泡老人茶。是什麼樣的人，躲在這兒做神仙呢？

美華說，這個地方是她姐姐和姐夫的，說著說著，我們又去看了山區裏的三合院。一個陳列室，全是木箱、木板地、木桌，這些東西的上面，放著一組一組的陶。

當美華關上陳列室時，看見了紅紅的兩副對聯：「也堪斬馬談方略，還是做陶看野花。」我呆望著雨中的屋子和這兩句話，心裏生出一絲感傷；那種，對自己的無力感。那種，放不下一切的紅塵之戀。那種，覺得自己不清爽的俗氣，全部湧上心頭。

美華打開左廂的門給我看，裏面是一間空房，她說：「妳可以來，住在這裏寫作。」

我想反問美華：人，一旦住到這種仙境裏來時，難道還把寫作也帶上來嗎？

那時，微雨打著池塘，池塘裏，是蓮花。

沒敢停留太久，只想快快離去，生怕多留下去，那份常常存在的退隱之心又起。而我的父母，唯一捨不下的人，拿他們怎麼辦？

這種地方，如果躲在千里之外，也算了，如果確實知道，就在苗栗，有這麼幾個人，住在一個他們自造的仙境裏——而我卻不能，這份悵，才叫一種真悵。

窯，靜得可以聽見風過林梢，靜得一片茶葉都不浮起，靜得人和泥巴結合成一體，靜得不想說任何話。

美華戴上手套，拿了一個槌子，說要開窯給我們看，那是個燒木柴的窯，不是電窯。我說不必了，生怕火候不夠，早開了不好。美華一面打去封口處的磚，一面說：「燒了七天七夜了，正是打開的時候。」

看見她站得高高的，熟練地一槌一槌把紅磚打散。看著、看著，我第一次對自己說：「我羨慕她，我羨慕她，但願這一刻，就變成她。世界上，再沒有一個人比她更美了。」

一生承擔自己的命運，絕不隨便羨慕任何人，也不想做任何人，只有這一次，夢，落在一個做陶的女子身上去。那份對於泥土的愛啊，將人襯得那麼乾乾淨淨。

天色暗了，我的歸程向北。

美華問我要什麼，沒有挑那些燒過的陶，走到架上，捧下一個待燒的白罈子——就要這份純白了。

「那妳當心捧住哦！這不過還是泥巴，沒燒過，一碰就破了。」美華說。

我將這一個線條雅美極了的泥巴罈子用雙手輕輕捧住，放在膝蓋上。

回程時，出了小車禍，當，後面的車撞上來的時候，我整個身子往後仰去，而手的姿勢不變——抱著我的泥巴。

照片上這一個看上去好似素燒的罈子，是在那片桃源仙境裏得來的。

那座窯，叫做「華陶窯」。

什麼時候，才能夠丟開一切的一切，去做一個做陶看野花的人呢？如果真有那麼一天，大概才算快樂和自由的開始吧。

我不知道。

76……知音

在這小小的台灣，一千八百萬人口擠著過日子。看起來嚇人——那麼多。可是在這一千八百萬人中，只找到兩個人，能夠跟我長談《紅樓夢》這本書——又那麼少。那種談法，是沒日沒夜癡談下去的。

其中的一個知音，住在台中。這一個，一年可能見面兩、三次。另一個是位方才二十多歲的好小子——空軍，駐防在花蓮。我們從來沒有見過面，只靠電話和通信。

其實對於「知音」兩字，定義上給它下得太嚴格了。談得來，而不談《紅樓夢》的，就不算。

總認為，社會上民間團體那麼多，集合在一起的人，總有一個宗旨，而為什麼我們這些愛紅樓的人，卻彼此碰也碰不到，也沒有什麼會呢？我的理想是：把「皇冠藝文中心」給租借下來，每星期五，只要有空，就去晃一下。而那批紅樓迷，也知道每星期五晚上，只要有空，在「藝文中心」就可以碰到其他的紅樓迷，大家見面，開講、爭論、分析、研究，甚而打架，那會有多麼好玩。

這只是個想法而已，不會實現的。

話說住在台中的那個朋友，他的人緣好極了，看書也多，做人非常平實，處事自有一套，而且是個中文系畢業的人。

以上幾點，並不構成知音的條件——如果沒有發現他是個紅迷的話。

我們這場友誼，開始在一個飯局上，直到數年之後，發覺，只要單獨面對他，那十數小時的談話可以就釘住《紅樓夢》講下去，這才恍然大悟，來者是個這方好漢，不能錯過。

本來，對於《紅樓夢》這一場纏了我終生的夢，在心靈上是相當寂寞的，因為無人可談。後來，得了個知音，我的紅樓，講著講著，理出了很多新發現，越講越扎實，越說越明白，好似等待了多年的曹雪芹之靈，化作己身，長江大河也似的湧現出來。

我那可憐的朋友——知音，有時候飯都不給他吃，茶水也是涼的，他也不抱怨，總算很仁慈，給我昏天黑地的講個夠，還笑著點頭。

對於《紅樓夢》有關的書籍，我的不夠，知音的收藏就多了很多。我個人的看法還是釘住原本《紅樓夢》，不敢翻閱太多其他人寫的心得，怕自己受影響。不過有時候忍不住，還是拿來看。

許多次，我去外地旅行，看見有關紅樓的書籍，總會買回來，交給知音收藏。

有一次，得了一副撲克牌，那個圖畫，居然是「金陵十二金釵」。這一喜，非同小可，細細觀看畫片上面小姐們的衣服、頭飾、姿態、面容、背景，還有取的是書中哪一場景……

等到朋友從台中到台北來時，我拿出那副紙牌，一定要送給他。同時，還找到兩套《紅樓夢》的漫畫本，那是在新加坡。

為了那些漫畫本，我將具象的《紅樓夢》「室內設計」看了個飽。那副紙牌，只有一副，朋友不肯收，要我存著。我想：他的收藏比我整齊，應該成全他。

兩個人推來讓去，結果朋友把牌一攤，分做兩疊，說：一人一半。

這我不答應，要就完整的，不然不要。

最後，這副紙牌——金陵十二金釵，去了台中。我的心中，大喜。

後來，朋友去了金門一趟。金門沒有關於《紅樓夢》的東西，不比香港、日本、新加坡。在我的紅樓知己由金門返回台灣來時，他送了我照片中這兩個「粿模」，算是民俗藝品的部分吧。將這兩個模子，放在客廳方几上，它們跟我的家，那麼相稱，不愧是知音的禮物。

請看這兩個模子，一面雕著龜甲紋樣，象徵吉祥。反面沒能拍出來，雕著桃形，也象徵吉瑞。中間寫個「壽」字，取龜長壽之意。

所有龜粿俗稱「紅粿」，這種將糯米磨成粿漿，染成紅色的民間食物，可以用於各種喜事，如結婚、謝神、上壽。在台灣民俗中，也用紅粿供拜。如果媳婦生了男孩，到祖先墳上掃墓時，也以紅粿祭拜，那就叫做「印墓粿」了。

照片中另一條長長的「粿模」，刻的是動物和花草，據說這是早年做喜餅的模子，是女家分贈給親友的一種「訂婚通知」。

這兩方禮物，來自一場《紅樓夢》的結緣。我倒是又在想，這種食品——糯米做的，黛玉妹妹絕對不能吃，吃了萬一哭泣，是要胃痛的。倒是史湘雲大妹子，吃它一個無妨。

77 銀器一大把

他們就把這麼好看的銀器，堆在地上賣。我說的是——玻利維亞的印地安人。

說到旅行，其實最不喜歡看的就是風景——那種連一個小房子都不存在的風景。總覺得那就等於在看月份牌。說起月份牌，早年那種印著美女的，反而比純風景更耐看。

總而言之，我旅行，最喜歡在裏面混來混去的地方，就是亂七八糟的趕集。

玻利維亞的首都拉巴斯，海拔四千公尺，比起台灣的玉山頂來，還高過好多。而人群，總也不怕那個「高山症」，滿街擠來擠去，一半全是遊客。對於肯來這種地方的遊客——包括我自己，都是欣賞的。這叫做選地方，測品味。

好，這些銀器大把大把的堆在地上賣。我抵不過這份引誘，人就蹲下去了。

也因為這批東西慢慢沒人做了，取代的正是台灣出口的塑膠品。翻來翻去，不容易找到照片中餐具柄上同樣花紋的，也就是說，成不了一套。

當時，背包已經滿得溢出來了，而自己也知道，今生不可能用一副銀的刀叉去吃飯，可是看到這些耐人尋味的好手工，還是捨不得就此掉頭而去。光看那一支支叉子，它們的尖齒切面那麼粗獷，就喜歡。

在拉巴斯好多天，每天東張西望，手裏捉著的，不是一把小匙，就是一把刀；然後，每個小攤子前又蹲下了我，翻呀！要翻出那把柄一樣的花紋來。

那次的中南美之旅，到了玻利維亞，算是投降，把那顆飄泊的心，交給了這些小攤子。照片中的那一堆銀器，不知反覆走了多少回舊街，方才成了一大把。回想到，在那寒冷又舒適的高原上，老是捉了一把刀叉走路，唯恐買來的配不成一套，那份癡心，真是莫名其妙。

也因為這份看不透，覺得人生很好玩。

萬一看得透透的，這也不要，那也不喜，生活中不能產生花樣，做人的無悲無喜境界雖然很高，卻並不在我的俗人生涯裏。起碼，在當時——一九八二年。

這套銀器結果跟回了台灣，一次也沒有用過，順手把它們一插插進了一只闊口瓶子裏去。每年總有那麼一、兩次，我把它們倒出來，用擦銀粉略略擦一下；不給它太黑，也不能太亮。玩著這安靜的遊戲，即使在無人的深夜裏，眼前呈現出來的，就是那片拉巴斯的舊城區，那些紅紅綠綠的印地安人，在我的客廳裏，擺滿了攤子，喧譁的市聲也傳入耳來。

回憶的效果，貴在於它的那份魔幻和華麗。起碼，中南美洲的夢，是這麼來來去去的。不，我不敢再回到那兒去，只為了保存這份回憶中的自我創造。

78 鼓椅

今年的四月一日，朋友說，租了輛小貨車要由台北南下到嘉義鄉間去收購民俗古董。我聽了心裏怦怦亂跳。

看看記事簿，上面排得密密麻麻的活動，那些活動，等於一道一道繩子，將人五花大綁，動彈不得。有趣的是，這種沒事忙的瞎抓，偏偏叫做「活動」。用來把人綁住的事情，哪來的好日子「活」，又哪來的方圓給人「動」呢？

也許是被逼得太緊了，反抗之心便生。打了幾個電話，把那些待做的事改到下半年，不管電話那邊怎麼搶天呼地，我反正得到了自由。這一來，三整天沒有事做——哈哈。趕快跑到朋友處去，說想跟著下嘉義。我的朋友一聽，很驚訝我的放假，同時熱烈表示歡迎。我急著趕回去理些衣物，同時喊道：「收購老東西時我讓著你，一定不會搶。」

去了嘉義，看準了的好東西，鄉下人家都不肯賣。就算風吹雨打的給丟在外面，我們一停車，說要買，鄉下阿婆就緊張了，口裏說：「不賣，不賣。」有一個老阿公更有意思，他把一些罈子、石臼當成寶貝，全部收在床底下，怕人去偷。每當我們請他開價，他就獅子大開口，亂喊一通，那個價格，使人笑彎了腰。這種旅行，最有意思的並不在於蒐得什麼東西，只要跟這些老阿嬤、老阿公談談話，就可以高興好久好久。

不過短短三天的旅行，到了第三天要回台北了，還是什麼也沒買到。倒是廟宇，看了十家。

出於好奇心，嘉義的朋友們說，不如就到嘉義市區的民俗店裏去看看，也許能夠找到一些好東西。我，欣然同意。

我們一大群人，塞了滿滿三輛汽車，外加小孩子，那個聲勢就很浩大。其實，去的全是嘉義的朋友，台北去的只有三個。

當我們——這十幾個大人小孩，一衝衝進那家民俗古董店時，守店的一個老闆娘根本管不住我們。這十數人，在她也算住家也算店面的小平房裏四處亂穿，手裏東抓西放，弄得老闆娘團團轉。我看她好緊張。

她完全管不住我們，又不好吹哨子叫人給立正，這個平靜的小店，瘋了。

我先是往廚房外天井的地方鑽，那兒堆放了近百個大大小小的甕。等我發現這一個角落時，嘉義的那群朋友也哄進來了。

朋友看中幾只甕，說要拿回去插花。既然要插花，就得試試看這些甕漏不漏水。老闆娘一直說：「不漏、不漏。」我們哪裏肯相信，拿起她的一支水杓，就近把她接得滿滿一缸的清水給拿來灌罈子。那邊在灌水我就往前走了。

才進前面，就聽見老闆娘在喊：「這是我們家吃飯的桌子，你們不要搬呀！」什麼人管她，把那張飯桌給搬到大門口陽光下去看個究竟去了。

這麼亂七八糟的，只聽得一片漫天叫價，就地還錢，那個老闆娘慘叫：「不行，不行！」趁著這片亂，我的手，靜悄悄的提住了照片中這只「鼓椅」。也不敢叫，怕同去的台北朋友看中了要搶。

鼓椅那片紅磚燒製的色彩太美，中間一抹更紅自自然然掠過，形式拙中帶樸，是個寶貝。

那時候，大家都去看木雕了。

收集民俗不是我專一的興趣，家中不夠大，只有收些極愛的，並不敢貪心。雖然那麼說，其實已經收了一些東西了。

就在大家鬧得差不多，而東西也買下了好一批時，那個老闆娘又叫了一聲，很慘的那種。原來，跟去的小孩子太乖了，他們把每一只罈子都給注滿了水，要看看這接近一百個甕裏，哪幾只不漏。老闆娘好費心接的一個大水缸，全空了。

嘉義之行，最有趣的就是聽見那個老闆娘的好幾次叫聲。我想，她那天接了一筆好生意，最後把吃飯桌也給賣掉了。

這種土凳，是用黏土燒成，不敷釉，表面呈暗紅色。為何叫它鼓椅呢？原因在於，它是仿照大陸鼓椅的造式，其狀如圓鼓，中空，兩邊肚沿有兩個孔，是便於搬動時用的。

這種低矮的土凳，一般放在廚房的灶前，炊事時，可以坐下，把薪柴往灶裏送。

又看參考書——《台灣早期民藝》——劉文三作。裏面也提起，這種鼓椅俗稱「墩」，音與韌近，寓意為忍韌，也就是說，凡是遇上挫折或不如意時，以忍為先。民俗上，新媳婦拜灶神時，也一併把「墩」列為對象，以求和諧白首。

上面的含意，都是《台灣早期民藝》這本書裏告訴我的。民俗店裏那個老闆娘不太知道這鼓椅的用途，我倒想，下次去時，送她一本這種好書呢。

79……阿潘的盤子

請看這只大盤子多麼華麗，請再去看看那一紋一圈手工的細膩。這張照片，拍得清清楚楚，值得一看再看。欣賞價值是高的。

是一位好朋友，聽說我有了新家，親自搬來「割愛」於我的。它，來自埃及。

盤子到了我這樸素的小房子時，舊主人生恐它太華麗，配不出味道來。其實這盤子一點也不霸氣。為了尊重這只被手提回台灣而不敢託運的大盤子，我移開了一些東西，將它獨立放在兩面木窗前，旁邊放上一只大土甕，甕裏不放鮮花，給插了一大把白樹枝，風味，就襯出來了。

每一次來家裏的客人，都喜歡這只盤子。其實，我的客人不多，可以說很少。就只有兩、三回，唱歌唱得那麼動聽的潘越雲和齊豫來過。當潘越雲看見這只盤子時，她發呆了似的看了又看，說：「三毛，妳不要這東西時，可不可以賣給我？」當時，她說得很認真。

我笑著對她說：「阿潘，妳去照照鏡子，看看自己像不像埃及女王？我看妳前世是個埃及人吔！」

寫到這裏，又想到潘越雲的容顏，越想越覺得她可能是一個埃及美人，我說的，是她的前生。

這個盤子友誼的紀念性太高，不然，如果把它賣給阿潘，可能得個好價錢。也說不定，阿潘的前世家中，就有那麼一個令她看了就發呆的盤子。即使如此，也是無論如何不賣的。

80……讓我講個故事

讓我把這支「象牙銀柄」裁信刀的故事講給你聽吧。

一百多年以前，在西班牙東部偏中間的地方，住著一位名叫Jeronimo Lafuente的民俗學家。這個民俗學家，其實也是一位開業的律師，只因他不勤於法律，反而醉心藝術，因此他的業務並不是很好，可是對於民俗，他的著作一本接一本的出。

過了很多年，這位原先家境就極好的富人，平平常常的老了，死了。死在他居住的城市裏。那個城，至今還在西班牙，叫做Teruel。

這位，我們叫他民俗學家的Lafuente先生，死後留下了整幢滿滿的圖書、名畫、古董家具和藝術民俗品，同時，也留下了兩個女兒。

那兩個女兒，雖然婚嫁了，卻因為父親的房子很大，都住在家中，沒有搬出去。其中的一個女兒，又生下了另一個女兒，也就是Lafuente先生的外孫女。

那時候，西班牙內戰開始了，Teruel這個城市，先被共和軍所佔領，接著佛朗哥的部隊開始飛到城內來丟炸彈。那是一九三六年到一九三九年之間的事。

就為了城內會丟炸彈，城裏住著的人開始往鄉下逃難。走的時候，只能提一個小箱子，什麼貴重的東西都不敢帶——萬一帶了，那麼被殺被搶的可能性就更高了。

當戰事過去了時，Lafuente 先生的兩個女兒和外孫女回到了她們生長的城市，而她們發覺，那所大房子，已經被炸成一片廢墟了。

那個女兒，站在全毀的地基上，不知怎麼是好，也在同時，那個做外孫女的，彎下身去，在一片碎瓦的下面，撿起了照片中這一支裁信刀。

就這一把裁信刀——Lafuente先生用了一輩子的一把小刀，成了家庭中唯一的紀念。

時光緩緩的流去，故事中那個外孫女也結了婚。她得了一個兒子，一個女兒。

有一天，一九六八年，這個外孫女的兒子也長大了，他二十七歲。

二十七歲那一年，這個西班牙人離開了他的國土，要到捷克去，因為那兒的戲劇發展得極好。而這個人，學的是戲劇。

臨走時，這個男子想到他的祖先，他，順手把這支裁信刀給放在口袋裏，帶去了外國。

這一走，二十年沒有再回歸過故土。

那把裁信刀，就這麼跟了他二十年。

去年冬天，這把象牙小刀，被這位失鄉的人，輕輕放進我的手裏，同時，也告訴了我上面的故事。

這一陣天氣轉熱，在家中時，我將長髮一捲，用這支裁信刀往頭髮裏一插，它，成了一支中國人用的「簪」。

這個故事並沒有講完。當有一天，我的靈魂騎在紙背上——僅僅我的靈魂——走過生滿仙人掌、錦葵和金銀花的幽徑，穿過荊棘的花叢升向天上去時，我將不再需要這支簪。

那時候，接下來得到這件東西的人，不要忘記了，再把故事寫下去哦。

81 糯米漿碗

找遍了《台灣早期民藝》這本書裏的每一張圖片，這種據說用來磨糯米漿的大碗，裏面並沒有介紹。

這只大碗的裏面，劃著細細的紋路，碗口滾了一圈深色，怎麼看它也看不厭。

台灣的民俗品，在陶器方面，總比現在燒出來的要拙樸得多。就算拿藝術水準來說，比起歐洲來，也不失色。奇怪的倒是現在，為什麼出不了那麼拙的作品來呢？

這只大碗，也是在嘉義的那家民俗古董店裏得來的。當大家都去忙他們的甕時，我悄悄買下了這一只。朋友們對我太好，都不上來搶，甚而讓來讓去的，教人好不羞愧。

民俗店的老闆娘，最欺負我，因為我不知殺價，而且臉上流露出很想要的樣子。

她一直強調，這只碗，可以用在「花道」上，是個插花的好容器。她講的，總是功能、功能又功能，到底是個實際的傢伙。可是我不會拿它去插花的，這麼美的內容，沒有任何鮮花可以搶去它的風采，也不應該把它如此淪落。只看它，那麼平常的往桌上一放，整個室內的氣氛就改成樸樸素素的了。

那一天，在嘉義的店裏，得了一只上幾張圖片中介紹的「鼓椅」，得了一只這幅照片中的大碗，買了一只小小的罈子，就收心了。

臨走時，那個被我們吵得昏頭轉向的老闆娘很可愛的說，說要跟我合照一張照片，代價是——送一只小甕，我欣然答應，就把手搭在她的肩上，望著照相機。那時候，我們站在大門口，門口堆了一地的罈子——我們買的。

就在照相時，一隊清潔街道的伯伯叔叔們圍上來看，一面看一面說：「這些泡菜罈子要它來做什麼？還花錢買呢。我前兩天，一口氣把這種破爛丟掉十幾個。」

聽見他們這麼說，我笑著笑著，對著相機，笑出了心底的喜樂來。

82 初見茅廬

居住在台灣，我的活動範圍大致只是台北市的東區。這個東區，又被縮小到一條路——南京東路。由這條路，再做一個分割，割到它的四段。由這四段，來個橫切——一百三十三巷，就是我的家了。

常常問自己，跑遍世界的一個浪子，可能安然在一條巷子裏過活嗎？答案是肯定的，不但可以，而且活得充滿了生命力。

如果有人問我：一旦妳住在國外，只一條街，可能滿足一切精神和物質的需求嗎？我想，那不可能，即使在紐約。

台北市的蓬勃，是世界上任何大都會都比不上的。我們且來看看我家的這條巷子——請你從巷口的火鍋城開始走進來，你可以買水果、看人做鹹酥雞、看人爆米花、看人做小蛋糕。你可以經過咖啡館，讀一讀「今日快餐」又換了什麼花樣。你可以溜過西藥房，告訴老闆你喉嚨痛。同時，等著拿喉片的時候，跑到隔壁文具店去翻那些花花綠綠的雜誌。如果你好吃，燒烤店內掛著教你掉口水的東西。萬一你想起香煙快抽光了，那街角的雜貨鋪有求必應。就算家中玻璃沒有打破，玻璃店前那些掛著寄賣的名畫複製品也可以走上去看一看，然後你買下的可能是一只小小的圓鏡子。九十塊一只的手錶在台灣那麼容易買到，如果你的錶不靈了，把它丟掉好了，走進鐘錶眼鏡店再看一只，買下的又可能是一只大掛鐘——如果你跟老闆去聊天。

下班的主婦一向很從容，巷子右邊一排排菜肉攤好似水彩畫，不到晚上九點以後不打烊。你倦了，先買一顆檳榔在嘴裏咬咬，再請那中藥舖給些「燒酒雞」的藥材，然後你横走五步，有人可以替你現殺土雞——這十分可怕，還問你要不要血水。如果你不怕，塑膠袋內提回去的可以是一袋血。

也許你提了血又噁心，那麼下一站擺的是鮮花——買一大把百合吧。又可能，明天早晨孩子的牛奶、麵包家裏沒有了，那麼順便再走幾步。買好牛奶回來，大聲向修冷氣機的青年喊一聲：「我的冷氣洗好了沒有？天快熱了，你得趕快呀！」這時候，你突然發覺你的小孩一個人坐在路邊攤上吃刨冰，你兇他一聲的同時，這隻手正向美髮店內招，叫著：「吃過晚飯要洗頭哦！」當你已經快走到家了，想起你的姪女生了個小娃娃，這一想，你沒有回去，繞去了金子店，討價還價買下一只小小的金鎖片。這時候，照相館的老闆也在向你打招呼，喊著：「全家福的放大照已經洗出來了。很好看。」

好不容易就要上樓了，修車廠的小徒弟對你笑一笑，你突然跟他講起要買一輛二手車。當你跟去看看「恰好」有輛二手車的同時，你比小徒弟走慢了半拍，你不知不覺站定了腳步，開始對著「水族館」裏的日光燈魚發呆，搞不清楚這魚為什麼叫做燈。

然後，你經過寵物店、水電修理、油漆舖、打字行、茶葉莊、佛具用品、五金行、洗衣坊、牛肉麵、肉羹攤……回家。

當你站在家門前時，發覺鑰匙給放在公司抽屜裏了，而被你兇過的小孩身上根本沒放鑰匙。那當然不是世界末日，你甚至不必自己跑腿，吩咐小孩下樓去喊鎖匠。不到五分鐘，你進門啦！回家真好。

是的，以上這些這些所見、所聞、所生活的大千世界，全在台北市這短短一條小街上。就算在這裏生活一輩子，每天都是不同——包括那一隻一隻被殺的母雞。

於是，七個月居住在台灣的時間，我都花在這條巷子裏，而且忙不過來。巷子的左右兩邊，一共排了四、五行，這在我們中國，叫做「衖」。現在都不這麼寫了，現在寫成「弄」。

不必存心做什麼，只要在這些「分巷」——弄，裏面去走走，光是看看別人家的大門和各色各樣的陽台，就可以度過極驚喜的好時光。我又因此更加忙不過來。

也是那麼一天，經過六弄的「公寓教堂」，經過一家電器行，想右彎過去，去一家上海小食店買鹹月餅吃的時候，突然發現，什麼時候，在這巷子底的轉角，開了一間茶藝館。

對於茶，從來不很在意，總是大杯子喝冰茶又放糖的那種人。

那家茶館所吸引我的，不是茶，而是他們丟在店外面的民俗品。石磨、石臼、老罈子、陶器、古桌，那麼漫不經心的給放在外面街上——大大方方，不怕人偷的那種大器。

看著看著，玩心浮了出來，想把那只石磨給買下來，眼睛朝左一瞄，又見木架上另一只老石磨，那麼全都買下吧。一只小的給自己，一只大的送朋友。

那天回去時並沒有把石磨給掮回去，倒是提回了一口袋小月餅。茶藝館內的人很放心別人打量他們的東西，並不出來審問。沒有人來審問，我就也不去審人——沒問價格。

在家中晚餐的時候，跟父母講起我的新發現，說：社區內又多了一個去處。當然講起那只石磨啦。母親說：妳用它來做什麼，那麼重的？我說：我就把它給擺著，不做什麼。

吃過晚飯，不大放心，又去看了一次。還好，都在。

這一回，店裏跑出來一個下巴尖尖的瘦子，臉上笑笑的，眼光銳、口也甜，見了我，立刻叫——陳姐姐。是個精明人，反應好快。

他是年輕，輕得人都是沒長滿的樣子，很一副來日方長的架式。一雙手，修長修長的。

我們買賣東西，雙方都爽快，沒幾句話一講，就成交了。約好第二天用小貨車去搬。說著說著，老毛病又發了，什麼民俗啦、什麼老東西啦、什麼刺繡啦、什麼木雕啦……全都站在店門口談了個夠。一面講一面踢踢石磨，那旁觀者看來，必定認為我們在講「大家樂」，不然兩個人的表情怎麼那麼樂呢。

就這樣，我走了，走了幾步，回過頭來，方才看見一串紅燈籠在晚風裏搖晃，上面寫著「茅廬」。

那是我初次見到茅廬的主人——陳信學。第二天，去搬石磨的時候，信學的太太跑了出來，大家叫她——小琪。這一對癡心民俗藝品的瘋子，跑到我們這個社區來開茶藝館，兼賣古董。那個茶館裏呀，連曾祖母的老木床都給放進去了。喝茶的人可以上床去喝，只是小琪不許客人拉上簾子，也不許人躺，只許人盤腿坐著。

以上的故事還沒有照片出來。只因我還算初去。

83 再赴茅廬

小琪對我的喝茶方法十分驚訝，當她把第一只小杯子沖上茶時，我舉起來便要喝。小琪用手把我的杯子攔下來，把茶水往陶器裏一倒，說：「這第一次不是給妳喝的，這叫聞香杯。」我中規中矩的坐在她身旁，很聽話的聞了一次茶香。小琪才說：「現在用另一個杯子，可以品了。我今天給妳喝的茶，叫做──恨天高。」

也不敢說什麼話，她是茶博士，真正學過茶道的，舉手投足之間，一股茶味，閒閒的。我一直在想茶的名字，問小琪：誰給取的？小琪笑說是她自己。那家茶藝館內許多古怪又好聽的茶名，貼在大茶罐上，喜氣洋洋的一片昇平世界。

再赴茅廬的意思，就是一再的去，而不只是再去一次。明知茅廬這種地方是個陷阱，去多了人會變，可是動不動又跑過去了。一來它近，二來它靜，三來它總是教人心驚。

那些古玩、民俗品，散放在茅廬裏，自成一幅幅風景。寧靜閒散的燈光下，對著這些經過歲月而來的老東西，那份心，總有一絲驚訝──這些東西以前放在誰家呢？這兩個年輕人開的茶館，又哪裏弄來這麼多寶貝呢？

「寶貝嗎？」小琪笑著嘆口氣，又說：「壓著的全是東西，想靠賣茶給賺回來，還有得等呢。」說著說著，一隻手閒閒的又給泡了一壺茶。

那種幾萬塊一個的茶壺，就給用來喝平常心的平常茶。小琪心軟，茶價訂得低，對於茶葉的品質偏偏要求高，她的心，在這種情形下，才叫平常。

有時，黃昏裏走過去，看見小琪一個人在聽音樂，不然在看書，總是問一聲：「生意好嗎？」小琪從不愁眉苦臉，她像極了茶葉，祥和又平淡的笑著。一聲「還可以」，就是一切了。

信學比起他的太太來，就顯得銳氣重，茶道好似也不管，他只管店裏的民藝。對於一些老東西，愛得緊，也有品味。這種喜好，就如同他那雙修長的手——生來的。

我們一見面，就不品茶了。我是說信學和我，兩個人吱吱喳喳的光談夢想。

「我說，這家店還可以給更多的人知道。你們光等著人來，是不行的。」我講。信學講：「對呀！」我講：「那就得想辦法呀！」信學講：「這麼小一家店，總沒有人來給做報導吧！」我說：「我們自己報導呀！」信學說：「那枝筆好重的。」我說：「什麼筆都是重的，你學著寫寫看呀！」信學聽我講得快速，每一個句子後面都跟了呀——呀——呀的，顯然很愉快。他追問了一句：「妳有什麼主意？」我這才喊起來：「好啦！回去替你們寫一封信，介紹茅廬給我們的鄰居，請他們來這裏坐坐，也算提供一個高雅的場地。」

信學和小琪還沒會過意來，我已經推開門跑掉了。筆重、筆重，寫稿子筆當然重死人。可是，給我的芳鄰們一封信，下筆愉快，輕輕鬆鬆。再說，我總是跟鄰居點頭又微笑，從來沒有理由寫信給他們。這麼一想，很快樂——去嚇鄰居。

跑著、跑著，信學追上來喊：「陳姐姐，不急寫的。今晚雲門舞集訂了一桌茶。」我倒退著跑，喊回去：「好——馬上就去寫。雲門的人有眼光，而且都是好人。再——見——」

跑回家才二十分鐘，這樣一封信就寫好——

親愛的芳鄰：

很高興能夠與您住在同一個地區，成為和睦親密的鄰居。這份關係，在中國人來說，就叫緣分。也許您早就知道，在我們的社區裏，「雲門舞集」這個傑出的舞團也設在我們中間，這是我們的光榮。可是也許您還不知道，就在我們彼此住家的附近，一對年輕的夫婦，基於對茶道、民俗藝品以及中國文化的熱愛，為我們開設了一家小小的茶藝坊。在這家取名為「茅盧」的地方，您不但可以享受親切的招待，也同時能在消費不多的情形下，擁有一個安靜又典雅的環境。

當您在家中休息時，可能因為孩子太可愛而沒有法子放鬆疲倦的身心，也可能因為朋友來訪，家中只有一間客廳，而您的家人堅持要在同一個房間觀看《庭院深深》的連續劇，使得您不能和朋友談天。基於種種台北市民缺少安靜空間的理由，請您不要忘了，在您散步就可抵達的距離，這間能夠提升您精神及視覺享受的茶坊，正在靜靜的等待您的光臨。

我本身是這家茶坊的常客，它帶給我的，是內心的平和，身心的全然休息，更何況，茶坊的茶，以及陳列的民俗藝品，深值細品。

能夠介紹給您這家高尚又樸實的小茶坊，心中十分歡喜。希望把這份快樂與您分享，使我們彼此之間，居住得更加和氣與安詳。

謝謝您看完這封長信。

您的鄰居

三毛敬上

嚕哩嚕囌寫好了信，自己舉起來看了一下，文句中最常出現的字，就是——我們、我們又我們。這絕對不是一封廣告單，這是我們同胞之間的親愛精誠。這麼一感動，自己就越來越覺得——住在自己的土地上，有多好。那麼一大群人擠著住，有多好——都不打架的。一次能夠跟那麼多人寫信，又有多好。我得趕緊去影印。

當天晚上，影印了三十份拿去給小琪看，小琪唸著唸著笑起來了，說寫得很親切。我抓過來再看，才發覺忘了附上茅廬的地址和電話，很脫線的一封信。

信學看了，又在信下面畫上一張地圖，說：「印它個三千張！」

我以為，三十張紙，信箱裏去丟一下就好了，沒想到信學雄心比我大了整整一百倍，他一上來就是幾千的，並不怕累。

就這麼有空就往茅廬跑，跑成了一種沒有負擔的想念。幾天不去，一進門，如果沒有客人在，小琪就會大叫一聲：「呀——陳——姐——」

信都發出去了。鄰居在街上碰見我，攔下人，說：「收到妳的信啦！」我準回一句：「那就請去捧場嘛！大家好鄰居。」

信學和小琪這對夫婦有個不良習慣，初去的客人，當然收茶資，等到去了兩、三次，談著話，變成了朋友，就開始不好意思收錢。

於是茅廬裏常常高朋滿座，大家玩接龍遊戲似的，一個朋友接一個朋友，反正都是朋友，付錢的人就不存在了，而茶葉一直少下去。店就這麼撐著。

「妳這個樣子不行。」我對小琪說。她一直點頭，說：「行的！行的！」

起初幾次我堅持要付茶資，被信學和小琪擋掉了，後來不好意思再去，心中又想念。有時偷偷站在店外看老罈，小琪發覺了就衝出來捉人。其實光是站在茅廬外面看看已經很夠了。茶坊窗外，丟著的民藝品一大堆，任何一樣東西如果搬回我家去，都是襯的，而我並不敢存有這份野心。

收集民俗品這件事情，就如打麻將，必然上癮。對待這種無底洞，只能用平常心去打發，不然一旦沉迷下去，那份樂而忘返，會使人發狂的。

雖然這麼說，當我抱住一只照片上的古老木飯桶時，心裏還是高興得不得了。信學告訴我，這種飯桶只裝撈飯的，所以底部沒有細縫，如果是蒸飯桶，就有空洞好給蒸氣穿過。我沒有想到功用的問題，只是喜滋滋的把它往家裏搬。

說實在的，茅廬裏古老的家具不是個人經濟能力所可以浪擲的地方，可是一些零碎的小件物品並不是買不起，再說信學開出來給我的全是底價，他不賺我的。

得了飯桶——我情願用閩南語叫它「鍋仔飯桶」之後，眼光纏住了一幅麒麟刺繡，久久捨不得離開它。同時，又看中了牆上兩、三塊老窗上拆下來的泥金木雕。看了好久好久，方才依依不捨的離去。

「妳已經有一大堆老罈子了，還要增加做什麼？」媽媽不明白的問。我數著稿費，向母親說：「一個人，不吃、不穿、不睡、不結婚、不唱歌、沒有汽車、沒有時間、更不出國去玩，而且連口哨都不會吹。請問妳，這種人一旦買下幾樣民俗藝品，快樂幾天，算不算過分？」

母親聽了分析，擦擦眼睛，說：「如果這件事能給妳快樂，就去買下吧。」

當我捧著這些寶貝坐在小琪身邊又在喝茶時，小琪問我：「妳好像從來都是快樂的，也不計較任何事。妳得教教我。」

「我嗎？」我笑著撫摸著一片木雕，輕輕的說，「其實這很簡單，情，可以動，例如對待日常生活或說這種藝術品。那個心嘛，永遠給它安安靜靜的放在一個角落，輕易不去搬動它。就這樣——寂寞的心，人會平靜多了。」

說著說著，外面開始下起微雨來，我抱起買下的一堆東西，往家的方向跑去。

那個晚上，家中牆上又多了幾件好東西，它們就是照片上的麒麟和兩塊泥金木雕。茅廬得來的東西，連上面那個鍋仔飯桶以及沒有照片的石磨，一共五樣。

84 三顧茅廬

就這樣，在我繁忙的生活中，偶爾空閒個一、兩個小時左右時，我就走路到茅廬去坐坐。那一封寫好的信，慢慢的發出去了。

有一天我經過茅廬，小琪笑得咯咯的彎了腰，說：「前天晚上來了一大群老先生，來喝茶，說是看了妳的信，一來就找妳，沒找到，好失望的。」

「是不是可愛的一群老先生？」我笑著揚揚眉。小琪猛點頭，又說：「好在我們那天演奏古箏，他們找不到妳，聽聽音樂也很高興。」

「就這一桌呀？」我問。小琪說：「兩桌。又一次來了一對夫婦，也是看妳信來的。」

「才兩桌？我們發了三千封信吔?!」我說。

小琪笑著笑著，突然說：「我快撐不下去了。」我盯住她看，一隻手替她拂了一下頭髮，對她輕輕的說：「撐下去呀，生意不是一下子就來的，再試試看，一年後還沒有更好，再做打算吧！」

小琪和信學都沒有超過三十歲，今天這份成績已經算很好了。那批茶具、古董，就是一筆財產，而生意不夠好，是我們做朋友的一半拖累了他們。

在這種情形下，又從茅廬搬回來一隻綠色彩陶的小麒麟，加上一只照片中也有的大土罈——早年醃菜用的。土罈上寬下窄，四個耳朵放在肩上做為裝飾，那線條優美又豐滿。

我當當心心的管理好自己，不敢在收集這些民藝品上放進野心，只把這份興趣當成生活中的平常部分。也就是說，不貪心。

對於收來的一些民俗品，想來想去，看不厭的就是甕。每一個甕，看來不是醃菜的就是發豆芽的，或說做別的用處的。可是它們色彩不同、尺寸有異、形狀更不一樣，加上它們曾經是一種民間用品，在精神上，透著滿滿的生活情調，也飽露著最最淳樸的泥土風味，一種「人」的親切，就在裏面。這「人」，就是早年的普通人，他們穿衣、吃飯、醃鹹菜，如同我們一般。

於是，在這無底洞也似的古董、民俗品裏，我下決心只收一種東西——甕。

茅廬的可親可愛，在於它慢慢成了社區內一個隨時可去的地方。繁忙的生活中，只要有一小時空閒，不必事先約會，不必打扮，一雙球鞋就能夠走過去坐坐。也因為如此，認識了在復興中學教書的國文老師——陳達鎮。

陳老師收藏的古董多、古書多，人也那麼閒雲野鶴似的。看到他，總想起亮軒。這兩人，相似之處很多，包括說話的口氣。

陳老師的古董放在他家裏，他，當然又是個鄰居。我們這條一百三十三巷，看來平常，其實臥虎藏龍的，忙不過來。

從茅廬，我進入了陳老師的家。

呆看著教人說不上話來的大批古董和書籍，我有些按捺不住的動心，這很嚇人，怕自己發狂。陳老師淡淡的來一句：「淺嘗即止，隨緣就好——玩嘛！」

我驀然一下收了心，笑說：「其實，我們以物會友也是非常好玩的。例如說，每星期五，不特別約定必須參加的，每星期五晚上，有空的人，就去茅廬坐一下，每人茶資一百，然後一次拿一樣收藏品去，大家欣賞，也可以交換——」

陳老師笑說：「這叫做——獻寶。」

想到這種閒散的約會，如果有上三、五人，就能度過一段好時光。不必去擠那亂七八糟的交通，只要懷裏拿個寶貝，慢慢走過去就得了。那份悠然，神仙也不過如此。

「叫它獻寶會。」我說。笑著笑著，想到陳老師可能拿了一只明朝瓷碗去，而我拖個大水缸去獻寶的樣子，自己先就樂不可支。

茶坊茅廬，被我們做了新的遊戲場。

住在這小小的社區裏，可以那麼生動又活潑的活著，真是哪裏也不想去了。人生，在這個小小的角落裏，玩它個夠本。

也是在茅廬裏喝茶的時候，把玩了好幾塊雞血石的印章，要價低得以為他們弄錯了。這，只是把玩，我很堅定的是：只要土罈子。

寫著上面的話，我感覺著一份說不出的安然和幸福。那種，居住在一群好鄰居裏的喜悅和安全都是這一群群淳厚的同胞交付給我的禮物，我不願離開這兒。

三顧茅廬的故事並沒有講完。三，表示多的意思，我的確去得不少。

照片中一共六樣東西：鍋仔飯桶、刺繡麒麟、兩塊泥金木雕、一隻彩陶麒麟、一個大腹土罐子。

這並不表示我只向茅廬買下了這六樣，也不表示茅廬只有這一類的東西，他們的家具、古玩、茶壺，以及無數樣的寶貝，都在等著人去參觀，是一個好去處。

走筆到此，又想到陳達鎮老師對茅廬講的一句話，使我心裏快樂。對著那一批批古玩、民藝品，陳老師笑笑的說：「本來無一物，何處惹塵埃。」

雖說非常明白這句話，可是我還是想放下這枝筆，穿上鞋子，晃到茅廬去看一看，看那一對小石獅子，是被人買走了呢，還是仍舊蹲在那兒——等我。

85 印度手繡

前年吧，新加坡《南洋、星洲聯合報》舉辦了一次文學徵文獎。同時，在頒發「金獅獎」的時候，邀了中國大陸、台灣、香港以及居住在美國的華文作家去開會。我算敬陪末座，代表了台灣，同去的還有瘂弦，我們的詩人。

對於開會，我的興趣極少，可是去這麼一趟，能夠見到許多聞名已久的大作家，這就不同了。我喜歡看名人。

初抵新加坡時，舉辦單位做事太細心，不但安排食宿，同時還很周到的交給每個與會的人一個信封，裏面放了兩百塊新幣，在當時，相當於一百美金，算作零用錢。

這個所謂文學集會，在那幾天內認真的開得如火如荼。這的確是一場扎扎實實的大會。只怪我玩心太重，加上新加坡朋友也多。開會開得不敢缺席，可是我急切的想抽空跑出去街上玩。

就在一個不干我事的早晨，散文組部分沒有會可開，我放棄了睡眠，催著好友李向，要他帶我去印度店裏去買東西。

那一百塊美金，因為忙碌，怎麼也花不掉。

就在急急匆匆趕時間去土產店的那兩小時裏，我在一家印度店中發現了這一大塊色彩驚人豔麗的手工掛氈。

盯住它細看了十分鐘，覺得不行——它太豐富了，細細的觀看那一針一線，一年也看不夠。

我還是盯住它發呆。李向在一旁說：「就買下了吧！」我沒答腔。

美麗的東西不一定要擁有它。世上最美的東西還是人和建築，我們能夠一幢一幢房子去買嗎？

「這不是房子。」李向說。

這不是房子，而且我不止只有那一百美金。可是我還是相當節制的。

店主人對我說：「妳就買去了吧！店裏一共只有兩幅，這種掛氈手工太大，不會生產很多的。」

我試著殺價，店主說，便宜五塊美金。這不算便宜，可是我不會再殺，就買下了。

放在抽屜裏好幾年，一直不知道給它用在什麼地方才叫合適；於是也不急——等它自己要出現時，大自然自有道理。

過了三年整，我在台灣有了自己的房子，客廳壁上不掛字畫，我想起這幅藏了好久的掛氈，順手翻出來，用釘子把它釘上，就成了家中氣氛最好的一角。

這幅東西來得自自然然，完全隨緣而來，看著它，沒有一點吃力的感覺。心裏很快樂。

86……飛鏢

有這麼一個故事。

一個寡婦，辛辛苦苦守節，將幾個孩子撫養長大。她，當然也因此老了。在她晚年的時候，說起往事來，這個寡婦向孩子們展示了一百枚銅錢。說，這些銅板，每天深夜裏被她散撒在房間的床下和地上，而她，趴著，一枚一枚的再把它們從每一個角落裏撿回來。就這樣，一個一個長夜啊，消磨在這份忍耐的磨練裏，直到老去。

以上這個故事，偶爾有朋友來家中時，我都講給他們聽。然後，指著那個飛鏢盤，以及那一支一支完全被射中在正中心的飛鏢，不再說什麼，請他們自己去聯想。

就因為我先講那一百枚銅錢，再講這個飛鏢，一般人的臉上，總流露出一絲不忍，接著而來的，就是一份憐憫——對我的那一個一個長夜。

他們不敢再問什麼，我也不說。

萬一有人問——從來沒有過。萬一有人問：「這就是妳度過長夜的方式嗎？」我會老老實實的說：「完全不是，只不過順手給掛上去的罷了。」

那一百枚銅錢和那個寡婦，我一點也不同情她——守得那麼勉強，不如去改嫁。

那又做什麼扯出這個故事又把它和飛鏢聯在一起去教別人亂想呢？

我只是有些惡作劇，想看看朋友們那種不敢不同情的臉色——他們心裏不見得存著什麼同情，也不必要。必要的是，一般人以為必須的一種禮貌反應。這個很有趣，真真假假的。飛鏢試人真好玩，而且百試不爽。

後記。

《我的寶貝》在《俏》雜誌以及《皇冠》雜誌上連續刊登了一年多的時間。這本書的誕生，無非抱持著一貫的心態，那就是：把生活中的片段記錄下來。

其實，我的寶貝不止書上那麼一點點，自從少年時代開始揀破爛以來，手邊的東西總是相當多。隨著時間的流逝加上個人環境的變遷，每隔五年左右，總有一些原因，使我的收藏大量流失。起初，對於寶貝的消失，尚有一些傷感，而今，物換星移，人海滄桑早已成為習慣，對於失去的種種，都視為一種當然，不會再難過了。

《我的寶貝》在連載期間得到極大的回響。分析這個專欄之所以受歡迎的原因，可能在於它的圖片和故事的同步刊登。我很喜歡讀友們把這本書當成一本「床邊故事」，看一個圖片，聽一個故事，然後愉快的安眠。事實上，很多做母親的，已經把這種方式在連載時用在孩子入睡的時刻。我發覺，孩子們也很喜歡聽故事再看圖片。

也喜歡讀友們把這本書當成禮物去送給好朋友，因為送的不只是故事，同時也送了一大堆破銅爛鐵般的所謂寶貝。

這些經由四面八方而來的寶貝，並不是不再流動的，有些，在拍完了照片之後，就送了人，也有些，不斷的被我在種種機緣中得來，卻沒有來得及收進這本書裏去，很可惜的是，來的都是精品。這只有等待過幾年再集合它們，另出一本書了。

藉著一件一件物品，寫出了背後的故事，也是另一種保存的方式，這麼一來，東西不再只是它的物質基礎，它們，加入了人的悲喜以及生活的軌跡，是一種文物了。

總有一天，我的這些寶貝都將轉手或流散，就如它們的來那麼自然。如果後世的人，無意間得到了一、兩樣，又同時發現，這些「古斑斕」曾經被一本書提到過，那份得來的心情可能不同。

又如果，每一個人，都把身邊的寶貝拍照記錄下來，訂成一本書，數百年之後，舊書攤上可能出現幾十本《物譜》，會是多麼有趣。

我寫這本書的快樂，就在於這份好比一個小學生寫一篇篇歷史作文一般的趣味和心情。

三毛一生大事記。

- 本名陳平，浙江定海人，一九四三年三月二十六日（農曆二月二十一日）生於四川重慶。
- 幼年期的三毛即顯現對書本的愛好，小學五年級時就在看《紅樓夢》。初中時幾乎看遍了市面上的世界名著。
- 初二那年休學，由父母親自悉心教導，在詩詞古文、英文方面，打下深厚的基礎。並先後跟隨顧福生、邵幼軒兩位畫家習畫。
- 一九六四年，得到文化大學創辦人張其昀先生的特許，到該校哲學系當旁聽生，課業成績優異。
- 一九六七年再次休學，隻身遠赴西班牙。在三年之間，前後就讀西班牙馬德里大學、德國哥德書院，在美國伊利諾大學法學圖書館工作。對她的人生歷練和語文進修上有很大的助益。
- 一九七〇年回國，受張其昀先生之邀聘，在文大德文系、哲學系任教。後因未婚夫猝逝，她在哀痛之餘，再次離台，又到西班牙。與苦戀她六年的荷西重逢。
- 一九七四年，於西屬撒哈拉沙漠的當地法院，與荷西公證結婚。
- 在沙漠時期的生活，激發她潛藏的寫作才華，並受當時擔任聯合報主編平鑫濤先生的鼓勵，作品源源不斷，並且開始結集出書。第一部作品《撒哈拉的故事》在一九七六年五月出版。
- 一九七九年九月三十日，夫婿荷西因潛水意外事件喪生，三毛在父母扶持下，回到台灣。
- 一九八一年，三毛決定結束流浪異國十四年的生活，在國內定居。

● 同年十一月，聯合報特別贊助她往中南美洲旅行半年，回來後寫成《千山萬水走遍》，並作環島演講。

● 之後，三毛任教文化大學文藝組，教〈小說創作〉、〈散文習作〉兩門課程，深受學生喜愛。

● 一九八四年，因健康關係，辭卸教職，而以寫作、演講為生活重心。

● 一九八九年四月首次回大陸家鄉，發現自己的作品，在大陸也擁有許多的讀者。並專誠拜訪以漫畫《三毛流浪記》馳名的張樂平先生，一償夙願。

● 一九九〇年從事劇本寫作，完成她第一部中文劇本，也是她最後一部作品《滾滾紅塵》。

● 一九九一年一月四日清晨去世，享年四十八歲。

● 二〇〇〇年七月三毛遺物入藏國立文化資產保存研究中心籌備處。現址為台南市中西區中正路一號國立台灣文學館。

● 二〇〇〇年十二月在浙江定海成立三毛紀念館，由杭州大學旅遊研究所教授傅文偉夫婦籌劃。

● 二〇一〇年《三毛典藏》新版由皇冠出版。

● 二〇一六年十月二十六日三毛作品《撒哈拉歲月》西班牙版與加泰隆尼亞版，於西班牙出版。

● 二〇一六年十二月二十日國立台灣文學館出版《台灣現當代作家研究資料彙編．89．三毛》。

● 二〇一六年至二〇二〇年三毛書出版九國不同翻譯版本。

● 二〇一七年四月二十日中國大陸浙江省舉辦「三毛散文獎」決選及頒獎典禮。

● 二〇一九年美國《紐約時報》（New York Times）推文介紹這位被遺忘的作家三毛，同年Google於三月二十八日選取三毛為華人婦女代表。

● 二〇二一年《三毛典藏》逝世30週年紀念版由皇冠出版。

國家圖書館出版品預行編目資料

永遠的寶貝 / 三毛作. -- 二版. -- 臺北市：皇冠，2021.11；面； 公分. --(皇冠叢書；第4988種)(三毛典藏；09)
ISBN 978-957-33-3808-6(平裝)

863.55　　110016218

皇冠叢書第4988種
三毛典藏 09
永遠的寶貝

作　者—三毛
發 行 人—平雲
出版發行—皇冠文化出版有限公司
台北市敦化北路120巷50號
電話◎02-27168888
郵撥帳號◎15261516號
皇冠出版社(香港)有限公司
香港銅鑼灣道180號百樂商業中心
19字樓1903室
電話◎2529-1778　傳真◎2527-0904
總 編 輯—許婷婷
責任編輯—黃雅群
美術設計—嚴昱琳
裝 飾 圖—shutterstock
著作完成日期—1988年
二版一刷日期—2021年11月

法律顧問—王惠光律師

讀者服務傳真專線◎02-27150507
電腦編號◎003209
ISBN◎978-957-33-3808-6
Printed in Taiwan
本書定價◎新台幣420元/港幣140元